ANNA MARIA STADLER

Maremma

Roman

JUNG
UND
JUNG

Tag 1

FLUTE MARKS

Es wird heute nicht hell. Obwohl es noch früh sein muss, sieht es schon nach Dämmerung aus. Seit dem Aufwachen liegen wir hier. Nichts hat sich verändert. Ich schaue auf die leicht gebräunte Haut meiner Beine, drehe sie in dem dumpfen Licht, bemerke vereinzelte Haare, die ich beim hastigen Rasieren übersehen habe. Schaue an den Wachstumsstreifen entlang, die sich an der Innenseite der Oberschenkel als helle Linien durch die Haut ziehen. Wie Holzwurmspuren durch einen Ast. Schaue auf die weiche Haut am Bauch, der nie ganz flach ist, selbst wenn ich sonst gerade überall am Körper dünn bin, weil es hier so heiß ist, dass mir der Hunger vergeht. Schaue auf die Sonnencremeflecken, die unregelmäßige Muster auf meiner Badehose hinterlassen haben. Schaue auf meine Unterarme, auf denen sich der Sonnenbrand ankündigt, den ich schon auf der Nase spüre.

Georg versucht neben mir seine langen Beine im Schatten des Sonnenschirms zu arrangieren. Er zieht sie an und lässt sie zur Seite kippen, um nach wenigen Sekunden wieder seine Position zu verändern. Die Abdrücke im festgetretenen Sand neben Georgs Beinen, ich frage mich, wovon sie stammen könnten. Was hier gelegen haben mag, das diese Abdrücke hinterlassen hat. Ich schaue mir die Konturen an und komme nicht dahinter. Es ist keine Form, die ich zuordnen kann, sodass ich, wie immer, wenn ich die Zusammenhänge nicht überblicke, die Ränder fokussiere. Ich schaue auf die weichen Formen im Sand und auf die Gebilde aus Algen und Gräsern dazwischen, welche die Strömung am Grund des Meeres und der Wind am Ufer bewegt. Manchmal bleibt eines in einer Düne hängen. So lange, bis ein Windstoß vom Meer her es weiterträgt. Im Rollen sammeln die trockenen Gebilde Weiteres auf, sodass aus Bewegung Form wird. Sie häufen sich und geraten in Ansammlungen verschieden großer Kugeln von ähnlicher Beschaffenheit aneinander. Ich nehme eine auf, die mir am nächsten liegt, und zerpflücke sie. Ihr Inneres aus dicht verwobenen Fäden. An einer Stelle wachsen aus den abgestorbenen Überresten des Meeres neue Gräser.

Ob jemand, fragt Pascal, mit ihm die Wildnis erkunden will. Dabei deutet er in die Richtung, wo sich der schmale Streifen Wald in unserem Rücken jenseits des kleinen Küstenortes zu einem Urwald verdichtet. Während die Pinien hinter uns in Abständen stehen, die groß genug sind, um ein Zelt aufschlagen zu können oder eine Hängematte von einem Baum zum nächsten zu spannen, scheinen die Bäume dort so dicht beieinander zu stehen, dass ich mir kein Durchkommen denken kann. Die matten Grüntöne legen sich übereinander. Zerrinnen zu einem blassen Bild, einer ausfransenden monochromen Fläche in vielen Nuancen. Die Farbe ist zufällig. Wann anders, sagen wir.

Ich höre ein Knacken hinter mir im Unterholz und wende mich um, wie man es bei einem solchen Geräusch macht. Schaue hinein in das dichte Gestrüpp, in den Pinienwald, der hinter uns beginnt, um weiter drüben zu einer unüberschaubaren Wildnis zu werden. Während am Uferstreifen zwischen Wald und Wasser noch ein paar Menschen auf ihren Handtüchern liegen, kann ich dort keinen Sandstreifen mehr erkennen und auch keine Badenden. Der Wald geht direkt ins Wasser über. An manchen Stellen mäandern schmale Fließgewässer zwischen dem Unterholz hervor, verlaufen sich im Meerwasser und bilden Tümpel, über denen die Moskitos hängen. Besonders abends gibt es hier Mücken in unüberschaubarer Menge. Sie sammeln sich und bilden eine dichte Decke, die gleichmäßig surrend über dem Wasser wabert. Einzelne brechen aus diesem Schwarm aus, der sich der Wasseroberfläche weder nähert noch sich davon entfernt. Brechen aus, um uns zu umkreisen. Sie landen an den Stellen unserer Haut, die wir ungeschützt lassen. Gestern Abend haben wir die Ärmel langgezogen und die Socken weit hinauf, doch die Moskitos, die sich von unseren wässrigen Mückenkerzen nicht abschrecken ließen, fanden die verwundbaren Stellen unserer Körper. Wir erschlagen sie auf der Haut, sobald wir ihr Saugen spüren, und schmale Spuren aus Fremd- und Eigenblut bleiben zurück. Nur Lea tötet nie eine. Sie verscheucht die Insekten mit einer Handbewegung, die einem Streicheln ähnelt. Auch jetzt sehe ich sie auf ihrem Handtuch neben mir, vertieft in ihr Buch, mit dem Handrücken eine Mücke von ihrem Oberschenkel wischen. Sie fliegt in einem kurzen Manöver an Leas Seite entlang, bevor sie sich ihrer Schulter nähert.

Ich denke mir das Waldstück dort unberührt von Menschen, stelle mir vor, wie sich die Hölzer in viele Richtungen verkeilen. Wie abends das Licht dumpf durch das Blätterdach sickert und die Stämme und Äste liegen, wie sie gefallen sind. Wieder höre ich ein Knacken hinter mir, drehe mich um. Ob das eines der Wildschweine ist, von denen sie uns am Campingplatz erzählt haben. Pascal spricht von der zunehmenden Wildschweinpopulation in Rom. Wie die Tiere dort in den Vororten an den Zufahrtsstraßen entlanglaufen, sich vom Müll an den Straßenrändern ernähren.

Lea liest uns aus ihrem Buch vor. Ich bleibe an der Stelle hängen, wo der Orgasmus als Vogelschwarm beschrieben wird. Ein Vogelschwarm, liest Lea, würde durch drei Prinzipien in Form gehalten. Erstens durch das gemeinsame Ziel. Zweitens durch den

Wunsch zusammenzubleiben, und drittens durch das Vermeiden von Gefahren. So habe man in Versuchen festgestellt, je mehr Anteile des Bewusstseins auf das Abwehren von Hindernissen konzentriert seien, desto unwahrscheinlicher sei ein Orgasmus, und dass es andererseits die Wahrscheinlichkeit sehr erhöht, wenn man Menschen bei solchen Versuchen Socken anziehen lässt.

Ich sehe ihr beim Lesen zu. Lea, mit der ich in meiner Kindheit und Jugend so viel Zeit verbracht habe, dass ich sie manchmal nicht von mir selbst unterscheiden konnte und ihre Gedanken nicht von meinen, obwohl wir in vielem verschieden sind. In allem, wo ich sperrig und kantig bin, ist Lea sanft und weich, sodass sie jeder sofort gernhat. Besonders Kinder und Tiere, die ein Gespür für das Wesen der Menschen haben, sagt meine Mutter. Lea hat die salzigen Haare lose zusammengebunden und eine Kappe auf, weil ihre Haut sich auch schon rötet, und liegt auf eine Weise auf der Seite, die mir von ihr vertraut ist. Fast eingerollt, wie eine Katze beim Dösen am Nachmittag. Lea liest mit ruhiger Stimme, wie sie es tut, seit sie lesen kann. So wie sie in der Schule oft zum Lesen aufgerufen wurde, weil man ihr gerne zuhört, bitten wir sie auch jetzt noch manchmal darum, uns vorzulesen. Als sie weiterliest, drifte ich immer mehr davon, achte nur noch darauf, wie sich ihre Stimme und das Wasserrauschen überlagern.

Es liegt ein dichter Schleier über den bewaldeten Hügeln. Sie sehen weich aus. Der Nebel dünnt erst gegen Mittag aus und lässt die Bäume und das Gehölz wieder durchscheinen. Davor zerrinnt alles zu dunstigen Grüntönen, als würde man die Umgebung durch ein Moskitonetz betrachten. Wir rücken näher ans Wasser heran. Fügen uns ein neben den anderen, die hier schon den ganzen Tag auf ihren Handtüchern zwischen den Felsen oder unter ihren Schirmen liegen. Manche liegen am Rücken, sodass ihnen die Sonne direkt auf den Bauch scheint, mit einem Arm über dem Kopf, um das Licht abzuschirmen, andere sitzen aufrecht und essen Melone oder schauen aufs Wasser, auf die Landschaft, die ankernden Boote, die Badenden. Einige liegen auch seitlich, mit angezogenen Beinen, schlafend. Die Art, wie die anderen und auch wir hier liegen, scheint mir einer Ordnung zu folgen. Als hätte uns jemand platziert. So ähnlich, wie ich es in einer Performance vor ein paar Wochen erlebt habe. Wir sollten alle auf Liegen oder Isomatten Platz nehmen, die sich verteilt in einem abgedunkelten Raum befanden, und uns wurden getrocknete Tonstücke in die Hand gegeben. Zum Festhalten, sagte eine der Performerinnen dabei mit vagem Lächeln zu mir, als sie mir den ungebrannten Klumpen reichte und mich an einen Platz führte. Ich schloss die Finger um das raue Stück in meinen Händen. Jonathan war schon da, nicht weit entfernt. Er zwinkerte mir zu, als ich mich seitlich hinlegte, mir die Decke über die Knie zog. Ich schaute auf die grauen, weißen und pinken Objekte, die in verschiedenen Formen und Größen überall im Raum verstreut lagen. Sie waren mit einem weichen Flaum überzogen. Als die Tonspur lief und unter einem elektronischen Wabern eine Stimme sanft über *soft touch* nachzudenken begann, bewegten sich die Performenden von einem zum anderen. Sie berührten uns mit den felligen Handschuhen, die ihnen bis zur Schulter hinauf reichten, strichen an unseren Seiten entlang und legten uns die Objekte in die Kniekehlen oder an den Bauch. Eine Performerin setzte einen weichen Quader an mir an, und als ich mit dem Bein zurückwich, damit sie ihn neben mir ablegen konnte, verstand ich erst, dass es um die Berührung ging. Ich hielt mich ruhig, als sie das Ding erneut sanft an meinen Oberschenkel legte, bevor sie daran ein weiteres Objekt und noch eines ansetzte. Sie baute mit Verbindungsteilen an einer Kette, die von mir zur nächsten führte. Ich beobachtete das Anwachsen der Linien im Halbdunkel. Sah, wie manche wegzuckten, wenn ihnen ein Objekt an ihren Rücken oder Oberschenkel gelegt wurde, während andere wie Jonathan die Augen geschlossen hatten. Stillhielten. Wie wir alle hier am Strand, die wir gemeinsam an dem fortschreitenden Nachmittag unter der Sonne liegen, auch der Hund, hechelnd im Schatten am Waldrand, die Eidechsen, die sich auf den Steinen sonnen, und die Krebse, die zwischen den Felsen verharren, wie wir alle durch eine unsichtbare flaumige

Verbindung zueinander in Beziehung gesetzt sind. Verbunden zu einem einzigen felligen Organismus. Der Sand unter dem Hundemaul färbt sich dunkel.

Ein Schnauben im Wald. Habt ihr das gehört, ich setze mich auf. Lea sieht nicht von ihrem Buch auf, Georg ist eingeschlafen und Pascal schüttelt den Kopf. Er hat seinen Laptop auf den Knien abgestellt und beugt sich darüber, um in der Helligkeit etwas erkennen zu können. Ich kann seitlich in das offene Gehäuse des Laptops sehen. Sein Summen und Rattern sind deutlich zu hören, aber kaum zu unterscheiden von den Geräuschen hier. Ich stelle mir vor, wie sich der Sand zwischen den warmen Teilen des Laptops sammelt, der in der Sonne immer weiter aufheizt. Wie der Sand die Öffnung an der Seite füllt, aus der heraus das Kabel zu der externen Festplatte verläuft, die Pascal in dem Schatten abgelegt hat, den seine Beine werfen. Gleichzeitig schreibt er in seiner kleinen Schrift einen an den Ecken eingedrückten Collegeblock voll, mit Zeichen, von denen wir alle nichts wissen. Er nähert sich an etwas an, von dem wir nichts ahnen. Pascal mit angezogenen Beinen und dem Laptop darauf, mit einer Hose mit großem Loch im Knie und an anderen Stellen und einem T-Shirt, das er schon viele Tage anhat, mit unfrisierten Haaren und einem Stift im Mund, während er mit zugekniffenen Augen auf den Bildschirm schaut und dabei auf eine Weise summt, dass Ali durchdrehen würde. Aber Ali ist zu weit entfernt, ich sehe sie am Bauch in der nächsten Düne liegen. Nichts von dem, was zwischen ihr und Amira gesprochen wird, auch kein Geräusch des Kindes, dringt durch das Wasserrauschen herüber, sodass es ebenso gut möglich wäre, dass sie lautlos die Münder bewegen.

Das unablässige Klackern der Tastatur. Bei schönem Wetter sitzt Pascal am liebsten am Computer. Wenn wir früher versuchten, ihn zum Rausgehen zu bewegen, nickte er nur abwesend zu allem, was wir zu ihm sagten. Vergaß dabei aufs Essen. Pascal, du Kamel, sagte Lea zu ihm. Du isst, wenn du Zeit hast und sich dir etwas zum Essen anbietet, so viel du kannst, um dann einen ganzen Tag oder zwei nichts mehr zu brauchen. Bis du schließlich den Laptop wegstellst und wieder da bist. Etwas erleben oder mit jemandem sprechen willst. Manchmal hast du dann etwas geschafft, manchmal nicht, und häufig sagst du, du glaubst, du hast etwas geschafft, um dann am nächsten Tag, wenn du dich wieder dazu setzt, nach einer Weile zu bemerken, es ist dir doch nicht aufgegangen. Die Launen, mit denen du auftauchst, sind dementsprechend. Woran du arbeitest, fragen wir dich dann. Du erzählst uns von Visuals, die du baust, und verglitchten Bildern. Wenn du dann von der vernachlässigten Rolle der Intuition in diesem Prozess sprichst, geht es uns so, wie es uns jetzt öfter geht, wenn jemand von uns von der Arbeit spricht. Der Anteil in unseren Leben, von dem die anderen nichts verstehen, wird größer, und wenn du über deine Angst zu scheitern sprichst, musst du uns gegenüber, die wir ohnehin nicht daran glauben, keine Bedenken haben, weil wir dein Scheitern gar nicht feststellen könnten. Abweichungen würden wir nicht bemerken. Außerdem, was spricht schon gegen das Scheitern?

Wenn Pascal den Laptop zuklappt, weil ihm irgendwann nach vielen Stunden doch noch ein Bedürfnis einfällt, dann legt er die Notizen nachlässig neben sich und bemerkt es auch nicht, wenn sie auf den Boden rutschen. Er sammelt die Zettel nicht und bewahrt sie auch nicht auf. Sie liegen zuhauf zerdrückt auf seinem Schreibtisch oder stecken zerknittert in seinem Rucksack. Hat er einmal einen vollgeschrieben, sieht er ihn nicht wieder an. Ich beobachte, wie der Sand sich in den Rillen ablegt, während Pascals Finger schnell auf die Tastatur niedergehen. Stelle mir vor, wie die Zeichen, die er eingibt, die Landschaft generieren, die wir vor uns sehen. Er tippt einen Code, und zeitgleich taucht eine neue Welle am Horizont auf, die nach den Angaben seines Skriptes geformt ist. Als ich auf das Wasser hinausschaue, bemerke ich ein Flackern im Blau.

Ich weiß, von Pascal ist in der nächsten Stunde nichts zu erwarten, also drehe ich mich nach Amira um, die mit dem Kind in einem der Tümpel, wie sie sich hier am Ufer an manchen Stellen bilden, im seichten Wasser watet. In den Morgenstunden liegt ein Dunst über diesen flachen Gewässern und sumpfigen Lacken, in denen sich das Wasser aus dem Meer mit jenem der Bäche mischt. Unter den schwarzen Mückenteppichen entstehen Zwischenwesen, die weder im Meer noch in einem See überleben könnten. Ich stelle mir die Tiere vor, die dieses Wassergemisch hervorbringt. Hybridwesen, deren Fähigkeiten und Formen einem Dazwischen entsprechen. Experimente, die nur unter den Bedingungen hier lebensfähig sind, in einer Beschaffenheit, die teils dem einen, teils dem anderen entspricht. Auch wir befinden uns in einem Dazwischen. Keiner von uns ist noch richtig angekommen in den Bildern hier, halb zu Hause noch und schon halb anderswo. Es scheint, als gäbe es nichts zu reden. Zu besprechen ist nur, womit wir den Nachmittag und den Abend verbringen, was gegessen wird. Wenn ich aufs Meer schaue, sehe ich dahinter Land. Ich kann nicht sagen, welches es ist. Ob es Elba ist, wo wir vor Jahren im Halbschatten eines Pinienhains ebenso gelegen und herübergeschaut haben auf die Maremma.

Ich stehe auf und gehe zu Amira hinüber, die das Kind aus einer Lache hebt. Sie wischt ihm den Sand aus dem Gesicht, der sich um den Mund herum sammelt und am Speichel kleben bleibt. Das Kind hat sich von uns allen am schnellsten adaptiert, es wirkt hier schon ganz heimisch. Ali hat sich daneben auf ihr Handtuch in die Sonne gelegt, auf den Bauch gedreht, den Kopf auf ihren Arm gestützt. Ihre hellen, kurz rasierten Haare verbinde ich immer noch nicht mit ihr, sodass ich sie erst spät bemerke. Als wäre es eine Fremde, die hier liegt. Ihren Armen und Beinen sieht man die Klettertouren an, die sie jetzt häufig macht. Die Haut auf ihrem Rücken ist von der Sonne ledrig wie Krokodilhaut. Sie reagiert nicht, als ich an ihr vorbeigehe. Ich stelle mir vor, wie sie in einen Traum hinübergleitet. Alis Träume sind lebhaft und kompliziert. In ihnen treffen Menschen aus verschiedenen Phasen ihres Lebens aufeinander, und die Handlungen verlaufen verschachtelt. Ali muss in ihren Träumen viel erledigen, laufen, sich verstecken. Hört sich an, was ihr erzählt wird, und versucht zu durchschauen, was sich ihr zeigt. Ein Setting löst in abrupten Schnitten ein anderes ab. Ich stelle mir vor, wie Ali aus einem solchen Traum aufwacht und die Augen öffnet. Die braune Sandfläche erkennt. Wie die Traumbilder noch nachwirken. Wie sie erst langsam versteht, wo sie sich befindet und was es hier gibt. Was hier ist, das sie betrifft. Wie sie sich bewusst macht, was real ist und was nicht. Was in der Vergangenheit liegt und was sie auch hier beschäftigt. Ich sehe, wie Alis Rücken zuckt. Wie sie ihr Gewicht verlagert, ihren Kopf zur anderen Seite dreht. Ich frage mich, was es ist, das Ali nicht zur Ruhe kommen lässt. Was ihr bis hierher folgt. Weil es bei Ali immer viele Dinge sind, die sie beschäftigen. Ich stelle mir vor, wie sie langsam wieder in den Schlaf hinübergleitet und sich die Bilder von den Orten, an denen sie war, und jenen, an denen sie sein will, zu den Bildern in ihrem Traum umbauen. Sie durchläuft diese Bilder und begegnet dort allem, was sie zu Hause und überall sonst, heute und früher, beschäftigt. Die Orte und Zeiten rutschen ineinander, und Ali versucht sich zu orientieren. Sie und die anderen verschwimmen in ihren Träumen, sodass sie nicht mehr deutlich erkennen kann, welche ihre Bedürfnisse sind, als die Konturen der anderen ihre eigene Gestalt überlagern. Sie scheint im Halbschlaf das Brennen der Sonne auf ihrem Hinterkopf zu spüren, zieht sich einen Teil des Handtuchs schützend darüber.

Amira wischt dem Kind den Sand aus den Spalten, die sich zwischen der weichen Haut an den Beinen und am Bauch bilden. Seit sie Mutter ist, laufen Anreden häufig über das Kind, und die Blicke wandern zuerst zu dem Kind in ihren Armen. Was kannst du denn schon, heißt es, und Amira zählt seine Fähigkeiten auf. Wir greifen nach den Wangen und Beinen des Kindes, das fröhlich aussieht, und können es noch nicht glauben, dass jemand von uns nun ein Kind hat. Amira sieht müde aus, fällt mir auf, als ich in ihr Gesicht schaue. Während sie immer schmaler wird und ihre Knochen deutlich hervortreten, nimmt das Kind immer mehr an Volumen zu. Sie umschlingt es, und ihre langen Locken legen sich wie ein schützender Vorhang um sie beide.

Die Luft steht immer noch. Gewächse mit wachsartiger Oberfläche wuchern zwischen den Dünen. Es klingt hölzern, als ich mit meinen Fingern dagegen schlage. Ich breche eines der großen, flachen Blätter ab, falte es, sodass eine offene Bruchstelle entsteht, aus der ein glitschiges Sekret tritt. Ich tauche meinen Finger in die Paste und lasse das Blatt dann auf den Boden fallen, beobachte, wie andere draufsteigen und die transparente Flüssigkeit herausquillt. Manchmal mache ich gerne etwas kaputt, auch wenn es sich leicht vermeiden ließe. Der Rest des Gewächses verhält sich jetzt still. Ich setze mich neben Ali in den Sand, sehe Amira und dem Kind dabei zu, wie sie ihre Gesichter aneinanderdrücken, die kleine Wange gegen die größere.

Ich denke daran, wie ich mit Pascal gestern mit dem Zug ankam. Wie wir im Vorbeifahren aus dem Zugfenster auf die von Linien durchzogene Landschaft schauten. Ob sich hier nur alles so anfühlt, selbst am Bahnsteig am Boden zu sitzen, während der Zug am Nachbarbahnsteig in den Gleisen schabt, ob das nur so sei, weil wir hier alles mit unterwegs assoziieren. Ob die kleinen Orte mit den abgenutzten Fassaden nicht das gleiche enge Leben bereithielten, das uns in den Dörfern zu Hause so langweile, überlegte Pascal, während wir durch den Schleier der verschmierten Regionalzugfenster hinausschauten. Bei einem Halt beobachtete ich das Flirren der Hitze über den

Dächern der im Bahnhof stehenden Züge. Obwohl ich klebrig war, sich meine Hände schmierig anfühlten, obwohl Pascal nach Schweiß roch und wir schon mehrere Stunden im Zug saßen, obwohl. Dass ich froh bin, von den Reisen mit meinen Eltern so viel Unbequemlichkeiten, so viel Provisorium gewohnt zu sein, sagte ich zu Pascal, der in seiner Kindheit mit seinen Eltern nur gebuchte Hotelurlaube gemacht hat. Dass ich von reibungslosen Reisen grundsätzlich nicht ausgehe und in dieser Hinsicht zumindest belastbar bin, wenn auch in vielen anderen nicht. Im Zug war es einfacher, mit mehr Langsamkeit an alles heranzugehen. Das Gespräch nicht durch das Einwerfen von Fragen zu modellieren, auf kein Fazit hinzuarbeiten. Abzuschweifen, wenn es mir gefiel. Der Raum für Gesten und kleine Randbemerkungen. Das Drehen eines Papiers zwischen den Fingern, das Durchspielen einer Möglichkeit im Gespräch oder in der Vorstellung.

Mit Pascal gelingt es mir meistens schnell, ins Sprechen zurückzufallen. Obwohl wir uns oft über mehrere Wochen nicht sehen, knüpfen wir da an, wo wir zuletzt unterbrochen haben, ergänzen uns die fehlenden Teile in Gedanken oder verzichten darauf, indem wir auf die veränderten Zwischentöne hören, die sich ins Reden mischen. Manche Gespräche wiederholen wir in leicht abgeänderter Form, um uns gegenseitig zu versichern, dass der andere noch da steht, wo wir ihn vermuten. Pascal sprach im Zug davon, mit Freunden und Freundinnen in ein Haus in Leipzig ziehen zu wollen, um dem unseligen Entwurf der Kleinfamilie zu entgehen, und wo sie Kinder, sollte es welche geben, gemeinsam aufziehen würden. Ob ich nicht auch Lust hätte, fragte er. Ich sah wie so oft keinen Entwurf. Dass ich froh sei, wie es gerade ist, aber nicht absehen könne, was ich mir in Zukunft vorstellen kann, dass es nicht die Ausformuliertheit einer Beziehung sei, die mich schreckt. Dass ich es schön finde, jemandem verbunden zu sein, die Vereinzelung scheue ich mehr. Pascal sprach davon, wie er in den letzten Tagen daheim beobachtet habe, dass sich seine Eltern den ganzen Tag in unterschiedlichen Stockwerken aufhalten und nur selten das Haus verlassen. Uns wird das einmal nicht passieren, sagte er und schloss mich dabei mit ein. Das wird nicht unsere Sorge sein, aber wir werden andere haben. Er lachte. Ich dachte dabei an Jonathan, wie wir vor meiner Abfahrt zusammengerollt am Bett lagen. Wie schwer es mir gefallen ist, seine warme Haut loszulassen, und als Pascal davon sprach, dass er wieder mehr Raum von Marie brauche, fragte ich mich, ob auch Jonathan und ich einander mehr Raum geben müssten. Und wie er mir bei dieser Überlegung fehlte. Und wie ich eine ruhige Gewissheit daraus zog, ihn daheim zu wissen, wo ich ihn wiederfinden würde.

Ob die Zeit in dieser Konstellation noch möglich ist, überlegte Pascal im Zug, als wir der Haltestelle näherkamen, wo die anderen auf uns warteten, oder ob unsere Lebensentwürfe schon zu weit auseinandergehen, unsere Wirklichkeiten schon zu unterschiedlich sind. Ob es mittlerweile zu viel Mühe kostet, einander noch aufzufinden zwischen all dem. Wann der Punkt erreicht ist, an dem wir uns zu weit voneinander wegbewegt haben werden. Worüber wir früher sprachen? Meistens darüber, was uns widerfahren war, seit wir uns zuletzt gesehen hatten, auch wenn das oft nicht länger als zwei oder drei Tage her war. Dabei bemühten wir uns, die Erzählungen für die anderen interessant zu machen, indem wir überzeichneten und ausschmückten. Was wir taten? Mit den Rädern zum Fluss fahren. Bei jedem Wetter trafen wir uns und schlugen unser Lager auf Decken und Handtüchern auf. Und wenn es warm genug war, und manchmal auch nicht, wurden unsere Gespräche davon unterbrochen, dass jemand in das kalte Flusswasser sprang, sodass es auf die Bücher und Spielkarten spritzte.

Der Zug ratterte über die Gleise, und das Gespräch zerrann. Wir schlugen unsere Bücher auf, die in unseren Händen vibrierten. So schnell, wie Pascal und ich ins Reden kippen, so leicht fallen wir auch wieder heraus. Es reicht ein Misston, dass einer von beiden die Lust daran verliert oder nichts mehr zu sagen weiß, sich vielleicht an einer eigenen Formulierung oder der des anderen stört, und wir verstummen oder wechseln in eine Art zu reden, die an nichts rührt. Ich sah aus dem Zugfenster, gerade als ein Vogel herabstürzte, nicht flog, sondern wie ein Komet auf die Erde traf.

Am ersten Abend in der Maremma sprachen wir alle wenig und richteten uns ein auf diesem Gelände. Der Campingplatz ist nicht viel mehr als ein Pinienhain und eine in die Jahre gekommene Sanitärstruktur mit Stehklos. Die Rezeption war bei unserer Ankunft unbesetzt, und es dauerte, bis wir jemanden fanden, den wir für zuständig hielten. Ali bemerkte einen Mann, der mit einer Zange die Triebe von den Olivenbäumen zwickte. Als wir ihn fragten, ob noch Stellplätze frei seien, deutete er wortlos und ohne den Blick von dem Stamm des jungen Baums abzuwenden in Richtung des Hains direkt am Wasser, wo schon einige ihre Zelte aufgeschlagen hatten. Er wollte unsere Daten und auch unsere Pässe nicht, also machten wir uns daran, die Zelte aufzubauen, bevor es dunkel wurde.

Der Hain ist ein Rückzugsort vor dem Sandstreifen direkt am Meer, wo die Badenden in der Mittagssonne hüfthoch im Wasser stehen und einander zurufen. Hier liegen wir im Halbschatten zwischen den wenigen anderen in ihren Hängematten und schweigen, weil das gleichförmige Vogelgeräusch alles übertönt, kein Zwitschern mehr, sondern schon ein schrilles Rauschen. Es ist laut, hat dabei aber nichts mit Lärm zu tun. Das Geräusch irritiert uns, weil wir es von zu Hause nicht kennen. Ein Hintergrundgeräusch, das unseren Gesprächen sonst fehlt. Die meisten Zelte sehen aus, als hätten sie mehrere Festivals hinter sich. Mit schiefen Haken sind sie in dem staubigen Untergrund befestigt. Ein stärkerer Wind wird die Zelte mit sich nehmen, wenn wir sie nicht gerade mit unseren Körpern beschweren. Es muss um die Geste des Einschlagens gehen. Eine Praxis, die Erinnerungen an frühere Campingurlaube weckt, so habe ich es mir beim Aufbau unserer Zelte erklärt, während ich die Schnüre von jenem, das ich mir mit Ali und Lea teile, spannte. Es befindet sich an einer Stelle, wo das Gelände abschüssig zu werden beginnt, sodass man die Isomatte nur auf eine Weise ausrollen kann, wenn man vermeiden möchte, dass sich alles Blut im Schädel sammelt.

Obwohl wir noch nie hier gewesen sind, stellen sich Bilder von vergangenen Reisen ein. Bilder von der Woche am Meer, die wir jedes Jahr miteinander verbringen, seit wir alt genug sind, um allein verreisen zu können. Die Konstellationen wechselten, mal konnte einer nicht, oder andere waren dabei. Dieses Jahr ist es das Kind, das neu ist. An den Bildern zeichnen sich die Bewegungen in unseren Leben ab. Jedes Jahr fahren wir woanders hin, aber die Bilder der anderen Orte nehmen wir mit. Wir beginnen zu verwechseln, wo es war, als wir über den Zaun am Wasser geklettert sind, wo wir die Fähre verpasst haben und die Nacht im Auto verbracht, wo wir den Fuchs am Gebirgspass gesehen haben, dem Lea aus ihrer Flasche zu trinken gegeben hat, wo wir mit dem Kanu im Fluss gekentert, wo wir staubig und verschwitzt zu dem Festival, wo wir die Klippen zum Hinunterspringen gefunden, wo wir streitend bei der Hitze auf den Berg, wo der Fjord so algig, wo wir zwischen den Oliven usw.

Aufs Meer hin haben wir freie Sicht, und gleichzeitig sind wir vom Meer her für alles da draußen sichtbar. Wir sind auf das Wenige und gleichzeitig Übermäßige hier zurückgeworfen: Wasser, Strand, Wald. Es ist ein Ort der unabgeschlossenen Flächen und Körper. Eine Landschaft in drei Höhenebenen. Das Wasser breitet sich vor uns in eine Weite aus, die unser Sehvermögen übersteigt, und wir denken es uns in eine Tiefe, die unsere Vorstellungskraft überfordert. Landschaften bevölkert von ungesehenen Tieren liegen dort im Verborgenen, und wir stellen uns die Tiere anders vor als die Landlebewesen, die wir kennen. Die Beschaffenheit ihrer schillernden und wendigen Körper. Die Kiemen, die regelmäßig pulsieren. Die Augen, von denen wir nicht ahnen, auf welche Weise sie was sehen. Ihre Bewegungen, die uns unerwartet erscheinen. Während wir uns all das denken, unter der sichtbaren und durch Wellen bewegten Oberfläche, die wie eine sanfte Folie gespannt zu sein scheint, liegen wir am Strand zwischen Menschen und Tieren, bewegen uns träge zwischen Wasser und Wald. Ab und zu holen wir uns ein Eis vom Kiosk und schlecken es unter einem Sonnenschirm. Dabei versuchen wir, nicht auf die Tiere zu treffen, mit denen wir diesen Streifen gemeinsam bewohnen. Verscheuchen die Mücken von unserer Haut, erschlagen sie, wenn wir sie erwischen, weichen den Eidechsen aus und den Krebsen, die vom Wasser her in die Felsen hineinkrabbeln. Unsere Zeltnachbarn haben uns von Ratten erzählt, die nachts die Essensreste unter den Campingtischen zusammensammeln und die Vorräte anfressen, wir sollten alles Essen im Auto aufbewahren. Und am besten auch nachts trotz der Hitze zumindest die dünnen Netze in den Zeltöffnungen ganz nach oben ziehen, denn, so erzählt uns die Nachbarin, sie glaube, sie habe einmal in der Nacht eine Ratte im Zelt gehabt. Sie sei aufgewacht von dem Geräusch der ungewohnten Bewegung und habe gesehen, wie eine Ratte das Ohr ihres Kindes angeknabbert habe. Sofort sei sie aufgesprungen und habe alles aus dem Zelt geräumt, gegen alles geschlagen und geklopft, bis sie sich wieder sicher gefühlt habe, sagte sie und zeigte uns eine rote Stelle am Ohr ihres Kindes.

Georg hat eine Schlange gesehen. Sie sei nicht besonders groß gewesen, aber zu schnell, als dass er sich ihr Aussehen einprägen konnte, sodass er nun auch nicht recherchieren könne, ob sie giftig gewesen sei, sagt er, während er sich die Haare aus dem Gesicht streicht. Georgs Haare sind lang und gebleicht, er trägt sie zusammengebunden. Sein Kleidungsstil und seine Frisuren ändern sich so häufig, dass er jedes Mal anders aussieht, wenn wir ihn sehen. Amira oder Ali kommentieren diese Veränderungen immer, Georg lässt diese Kommentare unkommentiert. Als Kind hatte er schon früher als wir eine Vorstellung davon, mit welchen Dingen er sich umgeben und wie er seine Haare haben wollte. Während wir angezogen haben, was die Eltern für uns aussuchten oder was dem glich, das die anderen in der Klasse trugen, erkannte Georg die Gestaltungsmöglichkeiten, die in Kleidung und Haaren liegen. Ich sehe ihm dabei zu, wie er sich jetzt den Sand sorgfältig von seinen Beinen wischt, und mir fällt ein, wie wir Georg früher nicht dazu überreden konnten, an den Strand zu gehen, weil ihm vor dem Sand so grauste. Besonders vor dem Gefühl, wenn dieser wie eine Panier an seiner nassen Haut klebt und sich in seinen Schuhen ablagert, um bei jedem Schritt an seinen Füßen zu scheuern. Lea sagt, ihre Mutter glaube, das komme daher, dass sie mit ihnen, als Georg noch ein Kleinkind war, oft am Meer gewesen sei und sein Hintern von dem Sand in den Windeln häufig wund wurde, weshalb ihr Bruder später immer im Schatten an der Stelle geblieben sei, wo der Sandstreifen begann, um von dort aus zuzusehen. Seine Bewegungen am Strand sind immer noch behutsam. Er gibt sich Mühe, so wenig Körperfläche wie möglich mit dem Sand in Berührung zu bringen. Lea zieht Georg nie deswegen auf. Ich habe sie auch nie Sand in den Nacken seines T-Shirts oder in seine Haare streuen gesehen, wie ich es als Schwester getan hätte. Wir wundern uns oft über die Beziehung der beiden, da wir anderen es mit unseren Geschwistern anders gewohnt sind. Es muss am Altersunterschied liegen. Georg hat gerade erst zu studieren begonnen, während die meisten von uns schon mit dem Studium fertig sind. Aber auch wenn Lea Georgs Abneigung respektiert, so ist diese für Pascal ein Grund, wann immer es ihm einfällt, im Wasser mit Bällen, die er aus Sand formt, nach Georg zu werfen. Pascal ist ein Einzelkind und holt nach, was er versäumt hat. Die Sandbälle verlieren schon im Flug ihre Form, doch Teile davon treffen Georg auf der Haut. Georg, wie er sich mit gerunzelter Stirn den Sand von den Oberarmen wäscht, bevor ihn der nächste Ball an der Schulter erwischt. So lange, bis es ihm reicht und er Pascal mit Leichtigkeit unter Wasser taucht.

Hinter uns beginnt der Wald, er ist bewohnt von verschiedenen Tieren. Auch wenn wir die meisten davon nicht sehen, hören wir sie. Manche der Geräusche hören sich nicht nach Tieren an, zu denen wir Bilder haben. Selbst die Vogellaute klingen anders als zu Hause. Wir beobachten die Vögel dabei, wie sie über uns kreisen. Wie sie uns beobachten.

Am Strand hinter der Düne sehe ich die Schirmspitzen, an denen die Taschen und Textilien der Tuchverkäufer befestigt sind. Von da, wo ich liege, sieht es aus, als würden sie schweben. Ich schiebe den gemusterten Käfer, der sich träge zwischen den Piniennadeln in meine Richtung bewegt, vorsichtig mit einem Stück Rinde zur Seite. Ich muss für ihn riesig aussehen. Wie eine Gefahr, die zu groß ist, um sie noch wahrnehmen zu können, und zu schnell in seine Handlungen eingreift, als dass er darauf rechtzeitig reagieren könnte. Das Tier fällt auf den Rücken. Ich stelle mir vor, wie es sich anfühlt, wenn der ganze Körper in einer abrupten Bewegung auf den Rücken gedreht wird. Der Käfer ist nicht mehr dazu fähig, sich aus eigener Kraft umzudrehen. Ungeschützt liegt er am Rücken, strampelt reflexhaft mit den Beinen, und der Schrecken sitzt so tief, dass er sich nicht zu fragen scheint, was zu tun ist. Sein Strampeln wird müde, als ihm die Aussichtslosigkeit seiner Lage bewusst wird. Er hätte die Möglichkeit, bis zu seinem Ende zu strampeln, aber sein Körper hält nun, in dieser Situation, der er nicht entrinnen kann, still. Er schaut auf den kleinen Ausschnitt vor sich, der sich ihm noch zeigt. Alles ist verkehrt, als wäre das schon nicht mehr der Ort, den er davor durchwandert ist. Der Käfer bewegt sich auch nicht mehr, nachdem ich ihn wieder in seine Ausgangsposition drehe. Es erschreckt mich, dass ich ihn mit dieser kleinen Bewegung getötet haben soll. Ich beobachte seine regungslosen Beine unter dem Panzer noch länger. Erst als ich wegsehe und mich mit dem Geschehenen abzufinden beginne, fliegt das Tier nahe an meinem Gesicht vorbei. Es erleichtert mich, dass diesmal doch noch alles gut gegangen ist. Dann folge ich dem Kind, wie es durch den Sand kriecht. Es hinterlässt Spuren wie die eines Tieres.

Es ist hier alles belebter, als wir es von zu Hause gewohnt sind. Während die Körper auf ihren Handtüchern ruhen und flach in die Hitze atmen, bewegen sich die Tiere in anderer Geschwindigkeit an uns vorbei. Ich gehe im Kopf Bilder von krabbelnden und kriechenden Wesen durch und drehe mich dabei zur Seite, mit dem Gesicht zum Wasser. Ich merke, wie sich das Salz in einer Schicht über meine Haut legt und meine Haare verklebt. Stelle mir vor, wie sie bald in Strähnen wie unentwirrbare Algen von meinem Kopf abstehen werden und sich das Salz in Krusten von meinem Gesicht schälen wird. Eine Echse läuft so schnell über Alis Bauch, dass niemand von uns sie hat kommen sehen und das Tier längst unter dem nächsten Strauch verschwunden ist, als Ali schreit. Die Eidechsen hinterlassen wie wir ihre Spuren im sandigen Boden, der nichts undokumentiert lässt. In verschieden tiefen Rillen graben sie sich ein. Die Spuren der Eidechsen sind so zarte Zeichnungen an der Oberfläche, dass sie durch den Wind bereits verwischen.

Wenn ich durch die Wasseroberfläche sehe, die sich im leichten Wellengang verschiebt, sehe ich die Objekte am Grund. Algenbündel und Steine. Ein Tier, das ich davonkriechen zu sehen glaube. Ich stehe am Ufer, dort, wo man noch nicht im Wasser, aber nicht mehr am Strand steht, und hebe meine Arme über den Kopf, um die Mittagssonne abzuschirmen. Sie ist hell wie Bühnenlicht, direkt aufs Gesicht gerichtet. Ich verdrehe die Arme auf eine Weise, die keiner schützenden Geste gleicht, sodass ich mir sicher sein kann, es sieht eigenartig aus. Ich stelle mir vor, wie sich der Krebs zwischen den Felsen bewegt. Wie er seitwärts durch die seichten Becken krabbelt und fast vollständig in diesen verschwindet, um bald darauf wieder aufzutauchen. Wie er in der Sonne trocknet. Sich ruhig hält, aber nicht lange auf der ungeschützten Fläche liegen will. Vom Stillstand mit einem Ruck in die Bewegung übersetzt und in einer Felsspalte verschwindet. Stelle mir vor, wie er sich in dem nassen Dunkel sicher fühlt, wenn er an allen Seiten seines Körpers Fels spürt. Dort verharrt, während er durch die schmale Öffnung das Naheliegende im Licht betrachtet. Wie er seine Zangen an die Oberfläche schiebt, um kleine Stücke von den Algen zu zwicken. So wie er es gewohnt ist.

Amira geht so oft wie möglich ins Wasser und bleibt am längsten drinnen. Ohne Rücksicht auf die aufgeweichte Haut an ihren Fingern, die inzwischen nach Schwimmhäuten aussieht. Es ist nur eine Frage der

Zeit, bis Amira im Meer die Form eines Wassertieres anzunehmen beginnt. Bis ihre Haut an den Armen Schuppen bildet und das Licht reflektiert. Im Wasser wird Amira, die erwachsenste von uns, zum Kind. Sie bleibt so lange, bis ihr Kind bei uns zu jammern anfängt, bis es sich nicht mehr aufschieben lässt. Pascal, mit dem Kind am Arm, erzählt, dass Amira die Erste von uns war, die schwimmen konnte, und uns anderen im Schwimmbad Rückwärtspurzelbäume beibrachte. Amira sagt, das liege daran, dass sie so viel Zeit in Schwimmbädern verbracht habe. Freitagabend, während ihr Vater die Liegen am Beckenrand zusammenstellte, schwamm sie das leere Becken ab. An manchen Abenden erschien es ihr leicht, an anderen war der Widerstand des Wassers so groß, dass sie kaum hinuntertauchen konnte und sich vorstellte, wie ihr Vater das ganze Wasser aus dem Becken lässt und sie plötzlich einfach hinunterfällt auf den Grund. Der Vater rief ihr dann immer zu, es sei an der Zeit, sie solle herauskommen, er müsse jetzt das Chlor nachschütten. Er verließ sich dabei auf sein Gefühl. Nur manchmal sah er abwägend auf das Wasser, als könne er so den Chlorgehalt erkennen. Amira mochte den Geruch, der sich über die Wasseroberfläche legte. Sie fragte den Vater nach dem Zweck des Chlors, und er erklärte ihr, dass es alles auflöse, die Pflaster und die Fingernägel, die Hautschuppen und Essensreste. Und wenn ich da jetzt mein Bein hineinhalte, was passiert dann damit, wollte sie wissen, ob es sich ebenso auflöst wie die Multivitamin-Brausetabletten, die er ihr bei Schnupfen zu trinken gab. Der Vater überlegte. Dass das möglich sei, sagte er, und sie stellte sich vor, wie die Thermalgäste, all die netten Opas und Omas, am nächsten Tag wieder ins Wassers steigen würden. Wie ihre dicken, weichen Beine zu kribbeln beginnen würden, wenn sich die ersten Zehen auflösten.

Wir sitzen im seichten Wasser, wo das Kind ohne Schwimmflügel krabbeln kann. Manchmal gelangt es dabei zu schnell ins tiefere Wasser, und jedes Mal, wenn es gerade mit dem Mund unter die Oberfläche taucht, ist einer von uns da, um es herauszuheben, wieder ans Ufer zu setzen, von wo aus es wiederum aufs Meer zusteuert. Bald werden wir uns im Salzwasser treibend aufzulösen beginnen wie die Badegäste im Chlor, von denen Amira erzählt hat. Es wird uns die Haut mit einem leisen Kribbeln von den Körpern schälen, und darunter werden gespannte Schichten aus Sehnen und Nervenbündel zum Vorschein kommen. Pulsierende Organe und Adern, Stränge, die ineinandergreifen, Material, das formbar ist. Ali erzählt, dass sie anfangs beim Operieren immer erstaunt war, wie sehr in einem aufgeschnittenen Körper alles in Bewegung ist, alles vibriert. Sie sei nervös gewesen, nur ja nirgends anzukommen und nichts zu durchstoßen. Dann aber, andererseits, bemerkte sie, dass die Gefäße und Fasern, die Häute und Gewebe doch widerstandsfähiger sind, als sie angenommen hatte.

Die Wand der Blase dehnt sich unter ihrem Werkzeug lange, bevor sie einreißt.

Später klopft Ali im Schatten eines Sonnenschirms eine Wassermelone ab, wie sie es immer tut, als gäbe es etwas zu übersehen. Dann zerteilt sie sie wie in einem Ritus mit schnellen Schnitten. Ich vermute, dass es analog funktioniert, wenn Ali im Operationssaal in Bäuche schneidet. Wie sie mit dem langen Messer sauber durchfährt, mit einer Konzentration und Klarheit, mit einem Ehrgeiz, es gut zu machen, und mit dem Wissen, dass sich jeder gerade darauf verlässt, dass sie es gut machen wird, schlitzt sie auf und zerteilt sie, sodass es in alle Richtungen spritzt, die Operationskittel und Abdeckungen ebenso volltropft wie jetzt unsere hellen T-Shirts, als Ali die Stücke an uns weitergibt.

Die Bewegungen sind Ali als Wissen, das aus Wiederholung heraus entsteht, in ihren Körper eingeschrieben. Jonathan erzählte mir einmal, wie er während des Studiums einen Sommer lang in einem Sägewerk täglich über viele Stunden die gleiche Bewegung ausführen musste. Er nahm das gehobelte Brett aus der Maschine entgegen, welches er mit einem Wenden und Beugen seines Oberkörpers an anderer Stelle abzulegen hatte. Diese Bewegung wiederholte er täglich mehrere hundert Mal. Eines Nachts während dieser Zeit sei er in einer Haltung aufgewacht, die ihn vermuten ließ, dass er im Schlaf die gleiche Bewegung ausgeführt hatte. Die Arme der Matratze entgegengestreckt, erwartend, was er von dieser Seite anzunehmen hatte. Bewegungen, durch die Wiederholung auf eine Weise automatisiert, dass der Körper sie auch allein auszuführen weiß. Wie der Großvater vor ein paar Wochen immer noch mühelos mit der Sense mähen konnte, an jenen Stellen des Gartens, an denen das Gras schon so hoch stand, dass mit dem Rasenmäher kein Durchkommen mehr war. Die Drehung seines Oberkörpers, wenn er mit der Sense durch das Gras fährt, so wie er es schon als Kind auf den Feldern des Hofes tun musste, auf dem er aufwuchs. Und als er älter war, auch auf den Feldern der Nachbarbauern. Der Großvater, der als Kind mit offenen Händen in die Sense gegriffen hat, die im dunklen Wassertrog lag. Das Blut, das das Wasser noch dunkler färbte. Die hellen Narben, die sich über seine Handflächen ziehen. Er zeigte mir, wie ich die Sense anzusetzen habe, dass ich sie nicht zu nahe am Boden führen darf, damit sie sich nicht in die Erde gräbt, und auch nicht zu hoch, sodass zu viel vom Gras stehen bleibt. Ich versuchte die Bewegung so auszuführen, wie er es mir erklärt hatte, doch war ich nicht dazu fähig, mein Körper sperrte sich, die Sense lag fremd in meinen Händen.

Ich sehe euch dabei zu, wie ihr euch über die Melonenstücke beugt und hineinbeißt. An Georgs Hand läuft es rosa hinunter, und Amira schiebt dem Kind wie eine Vogelmutter kleine Bissen in den Mund. Lea streicht sich die Haare mit dem Handrücken aus dem Gesicht, und Ali reicht weitere Melonenstücke herum. Pascal isst am Rücken liegend, langsam, die tropfende Melone hält er seitlich über den Sand und schaut dabei nicht von seinen Zetteln auf. Ich suche in euren Gesichtern nach Veränderungen, bemerke kleine Falten in Pascals Augenwinkeln, die früher nicht da waren, und sehe ein paar wenige graue Haare, die Amiras lange dunkle Locken durchziehen. Aber im Wesentlichen seht ihr immer noch so aus wie auf den Bildern, die sich von euch als Kinder in mir eingeprägt haben. Ich bemerke diese Veränderungen ebenso schleichend wie die an meinem eigenen Körper. Der Schweiß bildet einen dünnen Film auf unserer Haut. Er trocknet, um bald darauf von einer weiteren Schicht überlagert zu werden. Es legt sich das Salz vom Schweiß über die Salzschicht des Meerwassers. Es müssen jene Schichten sein, die zwischen mir und allem liegen, die ich mir als dünne Membran denke, die mich abschirmt, dabei aber immer durchlässiger wird, bis meine Haut zum Vorschein kommt, die dabei immer dünner wird. Es beginnt sich unsere Haut unter der Salzschicht an jenen Stellen zu schälen, die wir beim Einschmieren vergessen haben. In Fetzen löst sie sich vom Körper, wie Schlangenhaut. Wir beginnen uns zu häuten. Nur, sagt Lea, dass die Haut sich nicht in einem Ganzen von unseren Körpern löst und dann als Hülle irgendwo im Geäst hängt, sondern dass sich unsere Haut überall hier verstreut und sich nicht mehr zu der Form unserer Körper zusammensetzen lassen wird.

Ich gehe ins Wasser, um mir den Film aus Salz, Schweiß und Melonensaft abzuwaschen. Beim Schwimmen stelle ich mir die vielen Schichten Leben unter mir vor. Tiere, die sich in verschiedenen Höhenlagen bewegen, einander nur selten in die Quere kommen. Ich denke daran, wie manche von ihnen ähnlich durchs Wasser gleiten, wie Vögel durch die Luft segeln. Ich denke an die unzähligen kleinen rotsilbrigen Fische, die wir uns als Kinder in einem Aquarium wünschten. Es gelang uns nicht, eine Wasserqualität herzustellen, die ihnen lebenswert erschien. Jeden Morgen, wenn wir in die Küche kamen, wo das Aquarium auf einer Kommode stand, fanden wir am Teppich mehrere der kleinen Fische. Die Eltern sammelten sie auf und spülten sie im Klo hinunter. Bald spülten sie auch den ganzen Rest der Fische im Klo hinunter, weil all jene, denen der Sprung aus dem Becken nicht gelungen war, eines Morgens regungslos obenauf trieben. Mit den Haustieren hatten wir nie Glück, das heißt: Die Haustiere hatten nie Glück mit uns. So wie die Mäuse, von denen neun Stück in nur fünf Tagen starben, oder die Katzen, die aus unerfindlichen Gründen immer überfahren wurden, sodass schon nach kurzer Zeit eine auf die nächste folgte. Beim Heimkommen von der Schule vermied ich es, in Papiersäcke zu schauen, die im Stiegenhaus standen. Den Wellensittichen ging es nicht besser, sie fielen meist den Katzen zum Opfer, während die Hasen uns zum Opfer fielen, weil wir sie, kurz nachdem wir sie geholt haben, zu Tode gestreichelt hatten.

Als ich meinen nassen Bikini ausziehe, sieht mir einer in den Felsen sitzend zu. Früher haben wir noch umständlich Handtücher zum Umkleiden verwendet, inzwischen halten wir uns nur mehr halbherzig ein Kleidungsstück vor, oder wir machen es wie Pascal, der großzügig seinen Arsch präsentiert, wenn er sich die Badehose anzieht. Der schmale Sandstreifen, zu beiden Seiten von Felsen begrenzt und nach hinten hin vom Wald, ist ein Setting, in dem wir die Spielenden und das Publikum zugleich sind, in dem wir uns gegenseitig in unserem trägen Tun beobachten.

Ich setze mich wieder zu den anderen, mit dem Rücken zu den Pinien. Sofort legt sich das schrille Knattern wie eine Decke um mich. Als würde sich der Waldstreifen hinter uns immer mehr ausdehnen, schwellen die Tiergeräusche in ihrer Intensität an. Während ich zunächst noch das Bild der dahinter verlaufenden Straße zur nächsten Ortschaft vor Augen hatte, verweht es, je länger wir hier am Wasser sind, immer mehr. Als gäbe es nur mehr diesen Küstenstreifen mit uns und den anderen hier Liegenden und Badenden. Und dahinter nur mehr Wildnis. Habt ihr gesehen, wie sich dort drüben das Gehölz verändert, wie es zur Wildnis wird, frage ich euch. Wildnis, behaupten wir und wissen, es gibt keine Wildnis mehr, zumindest nicht hier, in einem so dicht besiedelten Land.

Während sich mir die Piniennadeln in die Seite drücken und das Sonnenlicht fleischfarben durch meine geschlossenen Lider sickert, denke ich daran, wie Jonathan kurz vor meiner Abfahrt bei mir lag. Im Dunkeln, die Körper ineinander verschränkt. Mein Bein war unter seinem durchgefädelt, die Oberkörper ineinandergepasst, obwohl es auch daheim in der Nacht so heiß war, dass der Schweiß sich zwischen unseren Körpern sammelte. Er lag auf mir, sein Gesicht so nahe, dass seine Züge zu einer warmen Fläche zerrannen. Wir starrten uns in die Augen, und während wir uns anstarrten und zu müde wurden, um uns zusammenzunehmen, stellte ich mir vor, wie es wäre, wenn wir einander überdrüssig würden. Wie dieses Spiel gegenseitiger Rücksichtnahme aussehen könnte. Wir würden vorsichtig umeinander herumschleichen, die Launen des anderen erahnen, abwägen, aufmuntern, verstehen. Der eine würde sich verschließen und zurückziehen und der andere suchen kommen, bis es umschlüge. Wie der eine Interesse abziehen würde, Distanz aufbauen und der andere im Strecken sich verletzlich abmühen, und dann wieder umgekehrt. Und wie unsere Härte und Distanz aufeinandertreffen würden und manchmal auch unsere Nähe und das Verstehen, meistens nachts im Bett, im Dunkeln, in einer Umarmung liegend und redend.

Dass es traurig sei, dieses *Noch*, sagt Ali, wenn es sich einschleicht, wenn jemand davon spricht, dass man *noch* lieb, dass man *noch* rücksichtsvoll miteinander umgeht, weil wir alle schon mehrmals in den eigenen Beziehungen und den Beziehungen der anderen erlebt haben, wie dieses *Noch* abhandenkommen kann.

Erst langsam finden wir wieder ins Reden hinein. Wir schütten abends Aperol in einer Plastikflasche zusammen, während wir von einem Hausprojekt sprechen. Aber wenn wir ehrlich sind, sagen wir dann in einem leisen Nachsatz: Auch wenn wir davon als Kinder oft geträumt haben, ein Haus nach unseren Regeln, ohne Putzplan und wo jeder alles verwenden und nehmen kann, was er will, so können wir uns das Zusammenleben doch eigentlich kaum noch vorstellen, oder nur in gewissen Konstellationen vielleicht, weil unsere Gewohnheiten und Bedürfnisse mittlerweile einfach zu unterschiedlich sind und es eigentlich auch schon immer waren. Was uns dennoch immer wieder zu diesen alten Freundschaften zurückkehren lässt, überlegen wir, und das, obwohl es vieles gibt, das uns aneinander triggert. Es macht Amira nervös, wie wir unsere Sachen herumliegen lassen und wie Pascal in seinem Festivalsessel sitzt und mit den sandigen Füßen am Klapptisch ein Käsebrot isst. Während sie die Kochutensilien in der Kiste ordnet, merke ich, wie sie immer wieder auf Pascal schaut, ohne etwas zu sagen. Wir kennen das schon von den ersten Tagen unserer Reisen, wenn wir einander wenig gesehen haben und uns erst wieder aneinander gewöhnen müssen, uns einstellen müssen auf die anderen, die manches anders machen. Es ist ein bekannter Ablauf. Wenn Ali mir dann beim Hantieren am Gaskocher zusieht und sagt: Wenn du die Nudeln reingibst, bevor das Wasser richtig kocht, werden die nie durch, denke ich in einem Nachhall von früher, dass Ali mir immer noch keine praktischen Fähigkeiten zutraut, und sage dann, dass ich das weiß, während ich die Packung aufreiße und die Nudeln ins Wasser schütte, in dem noch nicht einmal Luftblasen aufsteigen. Wenn ich mich dann neben Pascal setze und ihm beim Verzehr des Käsebrotes zusehe, denke ich mir, wieso isst der jetzt eigentlich ein Brot, wenn ich gerade koche. Und dazu isst niemand so langsam wie Pascal. Wenn wir alle schon längst aufgegessen haben, schiebt er meist immer noch die Nudeln auf dem Teller herum und kaut jede einzelne zwanzig Mal. Wenn du dann keinen Hunger mehr hast, wiederhole ich den Satz, wie ich ihn von meinem Vater in Erinnerung habe, wenn wir uns Süßigkeiten aus dem Fach über der Abwasch holten, während er die Kartoffeln fürs Mittagessen schälte. Und ob es möglich wäre, dass er nicht ganz so laut kaut, ergänzt Georg, das mache ihn nervös. Amira räumt dabei um uns herum zusammen, stapelt die Gegenstände am Tisch, sodass sie parallel zur Tischkante liegen, und faltet die nassen Handtücher, die wir nach dem Baden über die Äste werfen, ordentlich auf, um sie nebeneinander zu hängen. Ich beobachte Amira, wie sie dem Kind das Gesicht sauber macht. Sie wischt die Reste des Breis und alles, was dem Kind aus der Nase und dem Mund rinnt, mit wenigen Gesten weg, lässt sich auch von seinem Protestieren nicht abhalten. Als es versucht, den Kopf wegzudrehen, hält sie es mit einer Hand fest. Ich stelle mir vor, so klar wie Amira zu sehen, was als nächstes zu tun ist. Wie sie die Schüssel zu dem dreckigen Geschirr stellt und den Plastiklöffel abwischt. Wie sie die Reste des Breis in ein Glas füllt und dann jedes Ding an seinen Platz räumt. Wie es ihr Ruhe verschafft, das was sie umgibt und was sie ordnen kann, stellvertretend für alles in Ordnung zu bringen, was sich ihrem Einfluss entzieht. Weil sie oft erlebt hat, wie es sich anfühlt, wenn einbricht, was nicht zu greifen ist. Und sie weiß, dass sie sich einmal mit all dem befassen muss, was anderswo unkontrollierbar wartet. An einem Ort, an den sie für einige Zeit nicht zurückkehren will und dem sie sich nur nähert, wenn sie sich belastbar genug fühlt. Sie hat sich vorgenommen, sich ihm zu nähern, bevor er sie erreicht, wie es unweigerlich geschehen wird. Es ist nicht vermeidbar, durch kein Umräumen und Stapeln, durch kein Kehren und Verschieben. Doch inzwischen tut sie, was notwendig ist und was den Raum um sie herum strukturiert. Lässt Unvermeidbares liegen, damit sie handlungsfähig bleibt, für sich und die anderen. Damit sie für das Kind tun kann, was nötig ist, weil das Kind zu vielem selbst noch nicht fähig ist. Räumt die Dinge von einem Zelt zum anderen, aus einer Kiste in eine andere. Wenn du einen Besen hättest, sagt Ali aus der Hängematte heraus zu Amira, dann würdest du hier den Staub von einer Seite des Stellplatzes zur anderen schieben. Lea liegt Ali gegenüber in der Hängematte, jetzt mit dem Kind auf ihrem Schoß, und faltet eine Karte der Region umständlich auseinander. Ali ist anzusehen, dass sie ihr die Karte aus den Händen reißen wird, wenn sie damit noch einmal ihr Sichtfeld durchkreuzt. Wieso wir bei unseren Reisen eigentlich jedes Jahr Orte abfahren, die wir von früher kennen, will Lea dabei wissen. Wir suchen uns meistens Orte, wo schon irgendjemand von uns als Kind mit seinen Eltern gewesen ist. Als müssten wir Engramme abfahren, die sich uns in die Kleinhirnrinde gefräst haben. Georg vermutet Uneinfallsreichtum und Faulheit in unserer Urlaubsplanung und verteilt den letzten Rest aus der Plastikflasche auf unsere Tassen. Pascal sagt, er würde es eigentlich sonst vermeiden, an Orte aus seiner Vergangenheit zurückzukehren, da er befürchte, die Erinnerungen, die mit diesen Orten verbunden sind, durch neue zu überschreiben und die alten dabei unabsichtlich zu löschen. Hier sei das keine Gefahr, denn hier sei noch nie jemand von uns gewesen. Wie wir dann eigentlich auf diesen Ort gekommen sind, überlegen wir. Niemand kann sich erinnern.

Wir essen Nudeln mit geschmolzenem sardischem Käse und viel Pfeffer, dazu noch mehr Käse und trockenes Brot. Aber so richtig aus den Augen verlieren werden wir uns nie, oder, fragt Pascal dabei kauend, und er wiederholt seine Frage später nochmal, woran ich merke, es ist ihm ernst. Pascal erzählt von den Kinderbüchern, die seine Großmutter ihm vorgelesen hat. Wie er sich heute innerlich noch abmühe, um die Geschichten aus dem Struwwelpeter loszuwerden, besonders die von Hanns Guck-in-die-Luft, wie er die Straße entlanggeht, in den Himmel schaut, dabei ins Wasser stürzt und kurzerhand ertrinkt. Pascal sagt, dass diese Geschichte die Befürchtung hinterlassen habe, dass Träumende ständig Gefahr laufen zu ertrinken. Ich schaue in den Himmel hinauf. Die Wolken schieben sich im Abendlicht übereinander, auf eine Weise, wie ich es von zu Hause nicht kenne. Ob euch auch vorkommt, die Wolken bewegen sich hier schneller, will ich fragen, doch ihr sprecht noch über Kinderbücher. Ihre Mutter habe sich Mühe gegeben, Bücher mit widerspenstigen Mädchen auszuwählen, erzählt Lea, oder idealistische Geschichten wie die von der Maus Frederick, die Farben, Klänge und Geschichten sammelt, während die anderen Mäuse Vorräte anlegen. Wie Frederick im Winter die anderen Mäuse mit den Geschichten noch warm hält, als die

Vorräte schon verbraucht sind und das Holz verheizt ist. Diese Geschichten haben sich ihr eingeschrieben, sagt Lea. Obwohl ich mir später alle Mühe gegeben habe, sie zu überschreiben, mit Geschichten über Liebesprobleme, Cliquenkriege und beste Freundinnen. Über Mädchen, die schon auch frech sein konnten, aber dennoch die Erfüllung zumeist in der Liebe suchten, während die Jungs in diesen Geschichten (und es sind immer Jungs, die sie lieben, niemals Mädchen) ihre Erfüllung schon auch in der Liebe, aber nicht vor allem dort fanden. Erfüllung, was das überhaupt sein soll, sagt Pascal.

Wir fragen Pascal nach dem Treffen in dem slowenischen Wald, von dem er hierhergekommen ist. Er erzählt, wie sie sich bei den anderen unbeliebt gemacht hätten, weil sie befürchteten, bei einem aufkommenden Sturm von einem herabfallenden Ast erschlagen zu werden. Dass sie dann noch einige Tage allein im Wald verbracht und sich selbst Gabeln gebaut hätten. Er habe an der Konstruktionsweise viel über Menschen gelernt. Kilians Gabel sei zweckmäßig gewesen, Klausis dagegen habe wie ein Stecken ausgesehen, mit dem er das Essen aufspießte. Wir fragen Pascal nach der Machart seiner Gabel, und er erzählt von einem aufwendig und effizient konstruierten Objekt aus feinen Hölzern, mit Grashalmen befestigt. Was sie gegessen hätten, will Lea wissen. Vor allem Nudeln mit Pesto vom Supermarkt, sagt Pascal. Aber wieso sie dann keine Gabeln gehabt hätten, wollen wir wissen, wenn sie doch einkaufen waren. Die hätten sie vergessen, sagt Pascal, und dann berichtet er, wie er eine neue, faszinierende Ebene an Klausi entdeckt habe, der in seiner Anpassungsfähigkeit inzwischen einem Tier gleiche, indem er esse, wenn sich etwas zum Essen biete, und schlafe, wenn er müde sei. Er habe Klausi auf den Scherben einer zerbrochenen Bierflasche schlafen gesehen und beobachtet, wie er sich angebissene Brötchen in den Mund schob.

Während wir essen, läuft im Radio ein Bericht über die Waldbrände weiter im Süden. Ein Mann spricht davon, dass es inzwischen Normalität sei, dass sie im Sommer eine gepackte Tasche mit dem Nötigsten neben der Tür stehen haben, und die Waldbrände von heute nichts mehr mit denen von früher zu tun hätten. Die kein Richtwert für das seien, was kommen wird. Und dass sie, die als Kinder viel in den Wäldern gespielt haben, es als persönliche Tragödie empfinden, zu sehen, wie mehrere tausend Tiere in diesen großflächigen Feuern sterben oder ihre Lebensgrundlage verlieren. Wie sie es als politische Tragödie empfinden, dass ungeachtet der Brände, die gerade auch in vielen anderen Regionen weltweit, so etwa auch in Portugal, Griechenland, der Türkei und im australischen Busch wüten, Politiker und Politikerinnen die Klimaveränderungen leugnen und privat große Summen in den Kohleabbau investieren. Und der Sprechende, der gerade in Deutschland sein Doktorat macht, während sein Elternhaus in Süditalien evakuiert wird, weil es zwischen zwei Brandherden liegt, bricht ab, um nach einem Moment, einem für das Radio etwas zu langen Moment, den Faden wieder aufzunehmen, um zu sagen, dass er eigentlich wirklich nicht weiß, was er dazu noch sagen soll.

Ich mache mich auf den Weg zum Waschhaus. Es ist ein offener Bau, nicht weit entfernt vom Wasser. Der Putz bröckelt auf die sandigen Fliesen, die Spiegel sind gesprungen, manche Wasserhähne tropfen nur mehr. Mein Gesicht in dem Spiegel kann ich mir nicht gleich zuordnen. Die noch an der Wand klebenden Bruchstücke spiegeln mein Gesicht und den Raum in vielen Fragmenten. Indem ich mich langsam drehe, entstehen Dopplungen und Überlagerungen einzelner Teile meines Körpers, während sich der Umraum auffaltet. Meine Haut ist gerötet, die dunklen Haare kleben salzig an der Stirn. Ich streiche sie mir hinter die Ohren und wasche mir das Gesicht mit dem lauwarmen Wasser, das nach Chlor riecht. Wie ich hier barfuß am Fliesenboden stehe, erinnert mich an frühere Campingurlaube mit meinen Eltern, denen nie etwas zu unbequem war. Ich denke an die Fotos, auf denen die Eltern so jung aussehen, wie wir es jetzt sind. Wie die Mutter auf einer Decke vor dem Zelt am staubigen Boden sitzt, daneben der Polster, als würde sich das Bett tagsüber aus dem Zelt heraus verlagern, und zwischen den Decken und Polstern wir Kinder. Das Zelt auf dem Foto, unter Pinien wie diesen hier, hinter denen das Gelände zum Wasser hin abfällt. Alles hier erscheint mir mit einem Mal so vertraut, dass ich mich frage, ob ich nicht vielleicht schon als Kind hier gewesen bin. Ich nehme mir vor, meine Eltern danach zu fragen. Sobald mein Gesicht sauber ist, fällt mir auf, wie klebrig der Rest meines Körpers ist. Es gibt nur ein paar halboffene Duschkabinen. Ich stelle mich in den Sand, den die vor mir hinterlassen haben, und lasse das lauwarme Wasser in einem mageren Strahl über mich tropfen, wasche mir Salz und Staub bestmöglich von Haut und Haaren, während ich mir vorstelle, wie man die Brandherde weiter im Süden mit Hubschraubern zu löschen versucht. Wie sich die Tiere aus den Flammen flüchten. Ich stelle mir vor, wie sich die Brände schnell ausbreiten, wenn es nicht gelingt, sie zu löschen, und auch die Wildnis hier zu lodern beginnt, aus ihrer Mitte heraus meterhoch Rauch aufsteigt. Als ich das Wasser abdrehe, höre ich wieder ein knackendes Geräusch aus dem Wald. Ähnlich dem Geräusch brennenden Reisigs.

Tag 2

MUDCRACKS

Das Zelt erscheint mir nachts wie eine Membran, eine dünne, schützende Haut, durchlässig für Geräusche und Gerüche, dann wieder wie eine stickige Kammer. Ein enger Stoff, der sich um mich legt und mich in meinen Bewegungen hindert, mir den Blick verstellt und alle Gedanken auf mich zurückwirft, sodass ich mich um vier Uhr morgens aus dem Schlafsack schäle. Den Reißverschluss einen Spalt aufziehe, um sehen zu können, wie es heller wird. Der streunende Hund, der die Nacht auf einer Decke vor unserem Zelt geschlafen hat, ist verschwunden, aber in den Falten zeichnet sich sein Körper noch ab. Ich horche auf das Rauschen vom Meer, unterbrochen von einem Gespräch von zwei nicht weit entfernt, die noch oder schon wach sind. Höre zu, wie eine angenehme Stimme über offene Wunden spricht. Dabei legt sich eine Unruhe formlos über mich, von der ich nicht weiß, wie sie anzugreifen oder abzuschütteln ist. Es ist eine Unruhe, wie ich sie schon kenne, ein Unwohlsein, das so tief sitzt, dass ich mich mit nichts abzulenken vermag. Zu Hause habe ich manchmal das Gefühl, eine große Bedrohung vergessen zu haben, die irgendwo lauert, und fürchte den Moment, wenn mir wieder einfallen wird, was es ist, das ich fürchte. Inzwischen erscheint mir alles scheinbar Unbeschadete fragil. Ich versuche die Nervosität abzuwenden, indem ich Dinge tue, die mir Gewohnheiten vorgeben. Aber wenn meine Finger beim Aufschneiden der Kaffeepackung abrutschen, weil ich noch schludriger bin als sonst, merke ich, ich kann meine Unsicherheit heute nicht verbergen. Auf der Straße, wenn ich mir einen Kaffee holen gehe, hoffe ich, niemanden zu treffen, weil ich jetzt noch nicht sprechen will, weil ich später bei der Arbeit ohnehin sprechen muss. Und wenn ich mich dann aufs Sofa setze und den Kaffee verschütte, auf mein zerknittertes T-Shirt schaue, das davor schon fleckig gewesen ist, und mir denke, dass es eines der wenigen Kleidungsstücke ist, die ich besitze, die zerknittert gar nicht gut aussehen, obwohl mich das sonst nicht stört, weil ich die Landschaften mag, die der Faltenwurf auf den Stoffen bildet, und mich ganz bewusst und nicht nur, aber schon auch aus Faulheit gegen ein Bügeleisen entschieden habe, lässt sich die Unruhe nicht täuschen. Ich versuche dann, mich in eine aktive Rolle zu manövrieren, in die ich am Morgen schwer hineinfinde. Sobald ich im Auto sitze und von meinem Dienstplan ablese, welche Besuche heute anstehen, und dann zu der ersten Familie fahre, die ich betreue, bin ich meistens in meinem Spiel angekommen. Wenn ich an der Tür läute und schon beim Hineingehen laut rufe, wie es geht. Dabei beiläufig die Vorhänge aufziehe und den Fernseher ausschalte, vor dem die Kinder noch im Pyjama sitzen. Anfangs sind mir diese Eingriffe ins Privatleben anderer, diese Art der Bewegung in fremden Wohnungen schwergefallen. Dieses oftmals unerwünschte, laut Behörde notwendige Eindringen. Ich habe mich wie ein vorsichtiger Gast verhalten. Oder wie eine Freundin, die zu Besuch kommt und die Mutter fragt, wie es ihr geht. Sich mit ihr für eine Tasse Tee am Esstisch zusammensetzt, um sich anzuhören, was sie belastet, während die Kinder sich im Nebenzimmer die Bauklötze an den Kopf werfen. Wir sehen dann durch, was ansteht, und machen Listen. Notieren Telefonnummern, sortieren Rechnungen und formulieren gemeinsam eine Mail. Ich verschweige dann, dass bei mir zu Hause die Rechnungen unsortiert auf einem Stapel liegen, weil ich für nichts eine Ablage habe. Gebe vor, einen Überblick zu haben, gebe vor, diesen für notwendig zu halten. Manchen ist damit geholfen, wenn ich die Hausaufgaben der Kinder durchsehe, ihnen dabei helfe, wenn die Eltern sie nicht unterstützen können oder keine Kraft dazu haben. Ich sitze dann mit den Kindern am Esstisch und versuche dahinterzukommen, wie eine bestimmte Matheaufgabe gedacht ist, wenn wir gemeinsam die Illustration anstarren, einen Zug, bei dem auf jedem Waggon andere Zahlen stehen. Manchmal bemühe ich mich, die Aufgaben mit den Kindern gut zu machen, die Kinder zum schönen Schreiben zu ermahnen, damit die Lehrerinnen und Lehrer sehen, dass zu Hause alles in Ordnung ist. Dabei ist es egal, wenn ich eine der Aufgaben selbst nicht durchschaue. Die Kinder achten nur darauf, ob ich wirke, als wüsste ich, was ich tue. So wie auch die Eltern von mir Sicherheit erwarten. Wenn ich ihre Wohnungen betrete, erhoffen sie sich von mir einen Plan und Struktur. Ich bemühe mich, mir nicht anmerken zu lassen, dass mir beides fehlt. Wie sich mir die Ordnung entzieht, vielleicht noch mehr als ihnen. Dass ich so wenig wie sie überblicke, was als notwendig gilt, und mir nicht sicher bin, ob es Struktur ist, die mir fehlt. Dass ich ahne, wie jede Struktur nur vortäuscht, einen Umgang mit dem Unkontrollierbaren gefunden zu haben. So lange, bis es von einer anderen Seite wieder einbricht, vermute ich. Dass das Einzige, wozu ich fähig bin, ein Zuhören ist und an manchen Tagen, wenn ich durchlässig bin für die Geschichten anderer, ein Anteilnehmen. Den Rest spiele ich. Das Aufziehen der Vorhänge und das gutgelaunte: *So, was steht denn heute an?*, täusche ich auf der Grundlage der unausgesprochenen Abmachung, die meine Rolle in diesen fremden Wohnungen definiert, nur vor.

Ich schaue auf die Wand des Zeltes und versuche, mich nicht zu fragen, ob Frau B. inzwischen schon einen Termin in der Beratungsstelle vereinbart und ihr Sohn die letzte Schularbeit geschafft hat. Wie das Bewerbungsgespräch von S. gelaufen ist und ob F. heute Morgen aufgestanden ist und die Katzen gefüttert hat. Als nicht mehr davon auszugehen ist, dass ich weiterschlafen kann, schäle ich mich aus meinem Schlafsack. Ali und Lea haben ihren hoch hinaufgezogen und schlafen ruhig neben mir. Ich schaue in ihre Gesichter und wundere mich darüber, wie selbst Menschen, die einem vertraut sind, im Schlaf so fremd und unerreichbar aussehen, dass ich sie gerne schütteln würde. Dann aber mag ich die Stunden am Morgen, wenn noch kein Anspruch gestellt, noch kein Wort gefallen ist. Ich krieche vorsichtig aus dem Zelt und ziehe mir meine Badesachen an, die trocken an einem Ast hängen, was nur mit Amira zu tun haben kann, weil ich sie gestern, wie ich mich erinnere, in ein nasses Handtuch gewickelt auf einem der Campingsessel abgelegt habe. Als ich zwischen den schlafenden Zelten zum Wasser hinuntergehe, sehe ich nicht weit vom Ufer entfernt drei Bagger mit rotierenden Armen und ausholenden Schaufeln etwas versetzt voneinander Sand aufschütten. Es muss mit der Abtragung der Strände zu tun haben. Es sieht aus, als würden sie das Gelände befestigen, obwohl es in kürzester Zeit wieder weggeschwemmt sein wird, wenn nicht durch Wurzelwerk, Algen und Angeschwemmtes Stabilität entsteht. Ich gehe auf die Bagger zu, die Entfernung scheint mir nicht weit. Bald ist kein Gehen mehr möglich, und ich wechsle ins Schwimmen. Ich probiere, ob meine Beine noch den Grund greifen, wenn ich sie strecke. Er ist schon zu weit weg, obwohl er nah scheint. Wie die verschwommene Oberfläche eines Objektes, an das man zu nah herangetreten ist, so nah, dass die Augen nicht mehr scharfstellen können. Durch Tauchen wäre er zu erreichen, doch mir ist schon genug von meinem Körper unter Wasser, und ich will nichts stören, was dort unten im feuchten Boden vergraben liegt. Ich tue es den Baggern nach, indem ich meine Hände in die dunklen Wassermassen vor mir grabe, das Salzwasser von mir schiebe. Es will nicht ganz gelingen, es rinnt mir zwischen den Fingern durch, und ich komme nur langsam voran. Unter mir sehe ich schemenhaft die Formationen eines Riffs. Dumpfe Ablagerungen, scharfe Steinkanten und Algen, die mir das Schwimmen erschweren, die zwischen meinen Armen durchschlüpfen und sich verdichten, sodass ich mir vorstelle, ich könnte mich darin verfangen und festhängen, bis kein Schwimmzug mehr möglich ist. Ich würde rufen, doch keiner würde mich hören, weil alle in ihren Zelten noch unerreichbar schlafen. Ich spiele, dass ich meine Arme und Beine nicht dazu bekomme, sich zweckmäßig zu bewegen. Lasse eines meiner Beine unkontrolliert aus der Schwimmbewegung ausbrechen, in einem Strampeln, als wäre es ein Froschbein. Stelle mir vor, wie ich, vom Ufer aus betrachtet, das Bild einer ungeschickten Schwimmerin abgeben muss. Als hätte ich es gerade erst gelernt. Und dennoch scheint mir, ich könnte auf diese Weise lange schwimmen. Weit hinausschwimmen, bis das Ufer im hellen Blau verschwindet. Ich schwimme jetzt in regelmäßigen Zügen. Die Horizontlinie schwankt mit jeder Bewegung.

Als ich zum Ufer zurückschwimme, schlagen meine Arme hart auf der Wasseroberfläche auf.

Als ich aus dem Wasser gehe, fällt mir auf, dass die Umrisse des Waldes heute andere sind. Ich erinnere mich an drei hohe Pinien, die sich aus seiner Mitte herausstreckten. Wo sie gestern waren, sind sie heute nicht mehr. Auch das dichte Gebüsch am Waldrand scheint mir durchlässiger, als befände sich der Wald in einem schnelleren Umbau, als wir es von Wäldern gewohnt sind. Als würde er über Nacht seine Form verändern. Am Ufer sammelt sich das trockene Seegras, verdichtet sich zu Gebilden, die auf den ersten Blick solide aussehen. Doch ich ahne, dass mir der ganze salzig riechende Berg entgegenstürzte, würde ich an einem Halm ziehen. Ich sehe Vögel kreisen und stelle mir vor, wie der Wald von oben aussieht. Denke mir einen Vogel, wie er in der Formation eines Schwarms in der warmen Luftströmung aufsteigt. Wie er an seinem Rand fliegt und auf den Wald herunterschaut. Die Grüntöne der Bäume fließen ineinander, der Wald wird zu einer unregelmäßigen Fläche, je weiter er sich von ihm entfernt. Er weicht dabei anderem Fliegenden aus und wechselt zwischen verschiedenen Höhenebenen. Er spürt die warmen und kalten Luftströme in ihrem Wechsel und den Wind, wie er an seinen Flügeln entlangstreicht. Hart auf seinen Körper trifft, als er sich fallen lässt, um aus dem Schwarm auszubrechen und abzusinken. Die Äste der Bäume streifen ihn, als er durch das Blätterdach bricht. Wie er unter den Baumkronen fliegt, den Stämmen und Zweigen ausweicht und dabei das Geschehen am Boden beobachtet. Jede Regung wahrnimmt, während er nach einem Ort sucht, an dem es sich zu landen lohnt.

Als ich zum Zeltplatz zurückkomme, sind Amira und das Kind bereits wach. Das Kind bewegt sich krabbelnd zwischen den Tischbeinen, seine Hose färbt sich braun. Ich schaue ihm gerne dabei zu, wie es jedes neue Objekt und dessen Funktion lange erkundet, wobei es den Dingen andere Funktionen zuschreibt, als wir es tun. Wenn es einen Zweck für etwas entdeckt hat, und sei es das Geräusch, das entsteht, wenn es mit seiner flachen Hand darauf schlägt, ist es kurz zufrieden und geht über zum nächsten. Das Kind greift nach der Taucherbrille, die Lea gestern liegen gelassen hat, und führt sie zum Mund. Saugt an der salzigen Oberfläche und drückt seine Nase dagegen. Amira sitzt währenddessen am Tisch und bereitet das Essen vor. So viele Handgriffe sind notwendig. Den ganzen Tag beobachte ich sie dabei, wie sie kleine Gesten für das Kind ausführt. Eine geht in die nächste über. Wann immer dem Kind etwas zustößt, es sich anhaut oder umkippt, reagiert sie nicht mit Warnungen oder Rufen, sondern mit Ablenkung. Ich dagegen muss mich bremsen, es nicht auf jedes Hindernis, auf jede Gefahrenquelle hinzuweisen. Wechsle in ein anderes Register, zerdrücke mit dem Kind Sand zwischen den Händen und befühle die Rinde der Korkbäume. So wie ich als Kind ängstlich war, aber auch neugierig und begeisterungsfähig, und es jetzt mit diesem Kind wieder sein kann. Damit Amira weiter Gemüse schneiden kann, übernehme ich es, dem krabbelnden Kind über den Campingplatz und über die Gänge des Gebäudes mit den Duschen zu folgen. Lange sitzen das Kind und ich und begutachten den Farbverlauf der blauen Fliesen. Dann will es hinaus, hat sich aber in seinem Vorwärtskommen noch nie allein über eine Stufe hinweggesetzt. Tastend greift es mit der flachen Hand zu den Steinplatten hinunter, kann mit dem Höhenunterschied nichts anfangen. Es streckt ein Bein nach und kommt zu keiner Lösung, bis es plötzlich in einer schnellen Bewegung die Stufe überwindet, während ich noch überlege, ob ich es hinunterheben soll. Das Kind sieht mich fragend an, und ich schaue fragend zurück.

Amira löst mich ab, und während wir beide dem Kind dabei zusehen, wie es Piniennadeln zum Mund führt, erzählt Amira, dass sie sich in der Schwangerschaft gefragt habe, wie sie es anstellen soll, in die Mutterrolle zu finden, weil sie doch ohne Mutter aufgewachsen ist. Amira hat seit damals, als sie in die Volksschule kam und ihre Mutter starb, weder uns noch anderen gegenüber das Wort *Mutter* kaum gebraucht. Ich erinnere mich an das Begräbnis, an die vielen Menschen, Amira neben ihrem schweigenden Vater und ihrem

Bruder. Dass die Familie darum bat, nicht zu kondolieren, ihnen nicht die Hand zu schütteln, sie nicht zu umarmen oder ihre Schultern zu drücken, weshalb sich niemand zu ihnen gehen traute und sie wie Beobachtende am Rand des Geschehens standen. Dass Amira am nächsten Tag in der Schule kein Wort über das verlor, was geschehen war. Die Abwesenheit ihrer Mutter war nun ein Teil von ihr und eine Tatsache, die man nicht berührte. Wenn andere über ihre Mütter sprachen, schwieg Amira. Ich habe mich davor gefürchtet, Mutter zu werden, sagt Amira jetzt, weil ich die Rolle nicht kenne, die ich auszufüllen habe. Ich habe so lange nicht von meiner Mutter gesprochen, dass es mir eigenartig vorkommt, jetzt damit anzufangen. Dass sie nun aber selbst Mutter sei und beginnen müsse, sich damit auseinanderzusetzen, was das bedeute.

Seit es da ist, beobachte ich, wie du dich ganz auf das Kind ausrichtest, sage ich, und wie es dir gleichzeitig gelingt, ihm Raum zu geben. Während wir uns alle wundern, wie es überhaupt möglich ist, ein Kind durch den Tag zu bringen. Dass sie meist nur rate, was als nächstes zu tun sei, sagt Amira, und ich sage, dass meine Mutter manchmal erzählt, sie hätten oft Zweifel gehabt, etwas falsch zu machen, als wir klein waren, und dass mein Vater dann zustimmt, aber auch meint, besonders diese Zeit habe er als die schönste Zeit seines Lebens in Erinnerung. Obwohl es ihm auch gefalle, wie er jetzt als Erwachsene zu uns sprechen kann, fügt er dann hinzu. Die Mutter hat eine Tapferkeit, die ich in mir noch nicht gefunden habe, sage ich, auch wenn ich vermute, sie liegt da irgendwo, im Verborgenen. Wenn man sie nach den Geburtsschmerzen fragt, sagt sie, es sei auszuhalten gewesen, weil sie gewusst habe, dass es ein Schmerz ist, der etwas hervorbringt, etwas Schönes. Nicht so wie bei Krebs, wo es Schmerzen bereitet, wie der Körper sich zersetzt. Meine Mutter spricht ohne Vorwurf von den Abnutzungen ihrer Wirbelsäule, die von dem jahrelangen Heben und Tragen zurückgeblieben sind. Wir Kinder haben Spuren an ihrem Körper hinterlassen, die nicht mehr zurückzunehmen sind, und auch Amira spricht von den Veränderungen, die die Schwangerschaft auf ihrer Haut hinterlassen hat.

Es ist noch etwas außer deiner Stärke, das ich an dir bemerkt habe, seit du das Kind hast, sage ich jetzt zu Amira. Seit das Kind da ist, betrifft dich vor allem das Kind. Weil plötzlich eine Bedeutung da ist, von der ausgehend sich alles andere zu legitimieren und zu ordnen scheint. Auf jedes Problem reagierst du, als beträfe es dich nicht mehr so akut wie uns andere, weil du jetzt dieses Kind hast, und das ist das Wichtigste. Es bestätigt meine Vermutung, was das Kinderhaben betrifft, wenn ich beobachte, wie dich vieles, das uns alle betrifft, weniger zu betreffen scheint, weil du jetzt dieses Kind hast. Im Gegenteil, sagt Amira, betrifft mich alles noch viel mehr, weil ich jetzt dieses Kind habe und deshalb doppelt um die Zukunft fürchten müsse. Dass es keinen Unterschied machen sollte, wessen Kinder in eine ungewisse Zukunft hineinwachsen, aber dass es für sie eben doch einen Unterschied macht, dass es ihr Kind ist, das davon betroffen sein wird. Weil dieses Kind unter anderem deshalb da ist, weil sie es sich gewünscht hat. Und dass es vielleicht so wirke, als würde es ihr leichtfallen, was sie den ganzen Tag über für das Kind tut, aber dass es vor allem anstrengend ist. Dass immer noch jeder von einer Mutter hören wolle, wie es sie erfüllt, weshalb sie sich schuldig fühle, wenn sie sagt oder nur denkt, wie anstrengend all das ständig ist, weil das meiste, das für ein Kind zu tun ist, immer noch die Mutter tun muss. Und dass sie sich frage, wann die Anstrengung endlich weniger wird, ob sie überhaupt einmal weniger wird. Ob der Punkt kommen wird, an dem sie Teile ihres früheren Lebens zurückbekommt.

Als wir zum Zeltplatz zurückkommen, sind auch die anderen wach. Georg liegt noch im Zelt und schaut durch die Öffnung heraus, den Arm unterm Kopf, als würde er überlegen, ob es sich lohnt, es zu verlassen. Pascal sitzt am Tisch, trinkt Kaffee und schaut in seinen Laptop, während er mit den Fingern auf die Tischplatte trommelt. Ali kramt in der Essenskiste, und Lea richtet uns Brote, auf die sie kleine Stücke einer Tomate legt. Aus der Box mit unseren Vorräten riecht es nach der angeschnittenen Zwiebel, die gestern übriggeblieben ist. Ich spüre ein Ziehen im Ohr, das mit dem Zwiebelgeruch zusammenhängt. Mir fällt ein, woran ich zu Hause beim Schneiden einer Zwiebel niemals denke: dass ich als Kind häufig Mittelohrentzündungen hatte. Ich musste dann die Zwiebel mit der aufgeschnittenen Fläche an mein Ohr drücken, damit sie den Schmerz herauszieht. Der starke Zwiebelgeruch, nah am Gesicht, und der Schmerz, unverändert.

Ich setze mich mit dem Kind auf eine Decke am Boden, und wir beobachten eine Schildkröte im Gebüsch. Es fällt mir schwer, ihre Bewegungen nachzuvollziehen. Immer wieder pausiert sie und ruckt dann mit dem Kopf, als wäre sie programmiert. Als würde sie Signale aus Pascals Computer empfangen. Seine Finger klopfen in die Tastatur, und die Schildkröte hebt ihre Vorderbeine, schleift die hinteren nach. Die trockene und faltige Oberfläche an ihrem Hals dient dazu, die darunter liegende Verkabelung zu verbergen. Ich lege meine Finger auf ihren Panzer, frage mich, was sich darunter befinden könnte. Da dreht das Tier seinen Kopf und schaut mich an. Mit einem Mal wird es mir fragwürdig, wie ich diesem Tier das Wesenhafte absprechen kann, dass es mich mehr an Maschinelles denken lässt als etwa der Hund, bloß weil ich von ihm weniger weiß, mir seine Bedürfnisse und Bewegungen fremder sind.

Wir können nicht immer so am Wasser herumliegen, den ganzen Tag, sagt Amira beim Frühstück. Niemand widerspricht, wir wissen, es hätte nicht viel Sinn. Also hängen wir das Essen und den Müll in Säcken in die Bäume und stellen die Teller zusammen. Ich beobachte, wie sich die Ameisen und Vögel die Brösel unter dem Tisch holen. Lea parkt rückwärts aus, in dem steilen Sandstück, in dem wir schon einmal hängen geblieben sind. Die Autos wirken hier verloren, wenn ihre Reifen im Sand einsinken und die Scheiben unter Salzkrusten verkleben. Als wären sie große, behäbige Tiere außerhalb ihres gewohnten Habitats. So wie wir. Wir fahren in den Apennin hinein. So weit, bis wir in den Dörfern ankommen, die sich noch nicht von den Erdbeben erholt haben. Vor den eingefallenen Häusern sitzen die alten Männer aufgefädelt nebeneinander und schauen auf die wenig befahrene Straße. Wie noch vor Jahren, daran hat sich nichts geändert, sagt Ali, während sie das Auto die enge Straße entlanglenkt und wir darüber sprechen, wie wenig sichtbar Frauen in vielen Orten hier sind.

Wir wollen in den Ort, wo Georg und Lea vor ein paar Jahren mit ihrer Mutter waren, aber er ist gesperrt. Wir fahren unterhalb daran vorbei und sehen, dass manche der sich auf dem Hang drängenden Häuser abgerutscht sind. Wie eine Mure haben sie andere Häuser mit sich gerissen, Spuren der Verwüstung ziehen sich durch das Ortsbild. Die Steinlawinen verraten nicht mehr, dass sie einmal Häuser gewesen sind, in denen wer gelebt hat. Auf einem Feld, in sicherer Entfernung von allem Losen, hat man eine Bungalowsiedlung errichtet, davor einen Coop und einen Apotheken-Container. Vor jedem Ort gibt es jetzt solche Siedlungen, sagt Ali. Die Häuser liegen entweder in Schutthaufen, unverändert seit dem Beben, oder sie stehen noch in Teilen, durch Verstrebungen und Gerüstkonstruktionen vielfach gestützt, und sehen nach archäologischen Grabungsstätten aus, in denen Verborgenes gehoben wird. Wo eine Kirche aus dem 12. Jahrhundert stand, befindet sich ein abgesperrter Schutthaufen mit einer Schautafel, die helfen soll, sich vorzustellen, was davor gewesen ist. Manche Häuser sind noch bewohnt. Eine Frau kehrt den Balkon ihres verschont gebliebenen Hauses, im Garten die Trümmer der Nachbarhäuser. An manchen Stellen entstehen moderne Bauten aus Glas und Holz.

Katastrophentourismus, kommentiert Georg unseren Ausflug und die Bilder, die wir dabei machen. Von dem Haus, das wir im Vorbeifahren bemerken, dem die gesamte Rückwand fehlt, sodass man durch die aufgebrochene Seite in die verlassene Küche hineinsieht, in der noch das Geschirr auf der Anrichte steht. Oder das Bild von dem Bauernhaus, das in der Mitte zusammengeklappt ist, sein Dach am höchsten Punkt eingebrochen, und als fragile Skulptur mitten am Feld steht. Das Bild von dem betonierten Gräberbau des

Friedhofs, der eingestürzt ist, um die Toten unter den Trümmern ein zweites Mal zu begraben. Das Bild von der Gruppe Menschen, die vor einem Container-Coop zusammensitzen und auf einem Campingtisch Karten spielen. Das Bild vom Schäfer, der mit seiner Herde über die trockenen Hügel zieht, an denen sich nichts geändert hat. Das Bild von den Feldern, die weiter bestellt werden. Das Bild von den Hügeln außerhalb des Ortes, durch die sich unregelmäßige Bruchstellen ziehen. Wie offene Wunden, die das Beben zurückgelassen hat. Wir gehen an einer von ihnen entlang und schauen, wie tief man hinuntersieht. Amira stellt fest, dass wir die Spuren des Erdbebens vor allem ästhetisch wahrnehmen, während sie für die Menschen hier die Realität ihres Lebens verändern. Ästhetisch. Ja, aber sind es nicht die Brüche, entlang derer sich erzählen lässt? Sind es nicht die Bruchstücke, aus denen sich Geschichten ergeben, die nicht linear verlaufen, aber dabei näher an etwas liegen?

Beim Weiterfahren reden wir über die evolutionäre Bedeutung von Güte und über das widerspenstige Potenzial von Ideen, die sich ohne Vererbung weitertragen. Widerstandsfähige Gedanken von anfälligen Geistern mit oftmals schwachen Körpern. Wir fahren hinauf in die Berge, halten für einen Kaffee in einem zerstörten Ort, trinken ihn in einem Container auf einem Parkplatz. Soldaten und Soldatinnen bewachen die Trümmer, damit kein Stück des Ortes abhandenkommt. Am Parkplatz in der Senke werden wie auf einem Markt getrocknete Linsen und Käse verkauft. Etwas unterhalb des Ortes, der jetzt nur mehr aus Bruchstücken besteht, befindet sich auch hier eine Containersiedlung für die, die bleiben wollen. Nachdem wir unsere Espressi getrunken haben, kaufen wir ein großes Stück Käse, fahren noch weiter hinauf in die Hochlandschaft, lassen das Auto stehen und gehen zu Fuß. Wir behaupten eine Ruhe für uns, in dieser Weite aus matten Grüntönen, inmitten weicher Grasgipfel und mit Blick auf die Ebene, in der sich Linsenfelder in verschiedenen Schattierungen aneinanderreihen. An den Rändern aufbiegen, in eine andere Dimension hinein.

Am Rückweg zum Campingplatz halten wir für einen Einkauf. Wir biegen auf einen Supermarktparkplatz ein, wo kurz zuvor ein Unfall passiert sein muss. Einer ist beim Ausparken über eine am Boden liegende Frau gefahren, sagt man uns. Wieso sie dort lag, weiß niemand. Wieso er sie überfahren habe, ob er sie nicht liegen gesehen habe? Wir hören, wie er zu einem der Polizisten sagt, er habe schon gesehen, dass da etwas gelegen sei, aber die Liegende für eine Schaufensterpuppe gehalten und keine Frau, deren Knochen unter seinen Reifen brechen. Während die Schreie der Frau leiser werden, nachdem ihr die Sanitäter Schmerzmittel gespritzt haben, bevor sie sie jetzt auf einer Bahre hochheben, stehen die Schauenden noch am Parkplatz herum. Das Schreien sitzt noch in allen Körpern, und keiner weiß, wie schwer verletzt sie ist, ob es ins Innere ihres Körpers blutet, ob die Wirbelsäule verletzt ist. Auch wir stehen herum, zwischen den anderen, und schauen zu der Frau auf der Bahre hinüber und sehen ihren Hinterkopf. Sobald der Krankenwagen den Supermarktparkplatz verlässt, kehrt langsam wieder Bewegung zurück, und die einen erzählen den anderen den Unfallhergang in Fragmenten, pausieren dann wieder sprachlos, bevor neue Geschichten zu kreisen beginnen. Ich folge Ali in den Supermarkt und höre nur halb hin, als sie von mehreren gebrochenen Rippen und einem Beckenbruch spricht, davon, dass sie wahrscheinlich mehrere Monate stillliegen müsse. Ich werde das Bild nicht los, das brechende Becken, wie die Knochen nachgeben. Versuche mir vorzustellen, wie sich alles wieder zusammenschiebt im Körper dieser Frau, außen an der Haut Narben entstehen. Ich weiß, es ist immer nur eine Bewegung bis zu einem Unfall wie diesem. Wenn wir uns auf den spitzen Kanten der Felsen fortbewegen, sehe ich mich oder die Person vor mir bei jedem nächsten Schritt stürzen, stelle mir Blut vor und aufgeschlagene Körper. In Ordnung ist alles immer nur in diesem Moment, auf wundersame Weise noch in einem fragilen Gleichgewicht. Deine Risikoeinschätzung, sagt Ali, als ich ihr davon erzähle, ist defizitär: Du erlebst alles als Risiko. Ihre sei es aber auch, gibt sie dann zu, sie würde nichts als Risiko erleben. Ich bestätige das und erinnere sie daran, wie sie als Kind einen Salto vom Drei-Meter-Brett versucht hat, ohne etwas über Saltos zu wissen, und dann den Rest des Tages mit rotem Rücken bewegungslos am Bauch lag. Oder als wir auf einer unbeleuchteten Rodelbahn gemeinsam Schlittenfahren waren. Ali grinst, das wisse sie noch, vor allem, dass ich immer die Füße zum Bremsen in den Boden gestemmt habe, sodass wir gar nicht erst richtig Tempo aufnehmen konnten. Dass es eisig war, sage ich, und wir kaum Kontrolle über den Schlitten hatten, im schwachen Licht der Nacht dem Verlauf der Rodelbahn gefolgt sind. Man kann da ohnehin nicht aus, haben die anderen gemeint, und wenn das Bremsen nicht funktioniert, weil es zu eisig ist, die Sohlen nicht greifen, ist es nicht so schlimm, weil immer wieder flachere Teilstücke kommen. Nur nicht gegen einen Baum lenken, sagten sie. Bis wir die anderen verloren haben und im Dunkeln nur mehr zu zweit waren. Weit weg hörten wir Schreien und Lachen. Ich habe mich an dir festgehalten, und du hast gar nicht an Bremsen gedacht. Es sei sinnlos, meintest du, ich solle einfach die Füße anheben. Die Geschwindigkeit, in der wir uns auf der Eisrinne bewegten, war für uns nicht abzuschätzen, weil nichts Umgebendes zu erkennen war, nur schwarze Schemen an uns vorbeiflogen. Dann hast du auf einmal etwas von Abkürzung geschrien und zur Seite gelenkt, auf die Piste, über der eine Schicht gefrorener Tiefschnee lag. Jede Spur, jede Delle in harten Kanten festgefroren, über die der

Schlitten rumpelte, bis er uns schließlich abwarf. Wir rutschten, Haut auf rauer Oberfläche, ich bremste mit dem Gesicht, tut nichts, im Dunkeln ist alles gut, in der Nacht ist nichts zu sehen und nichts passiert. Wir klaubten uns und den Schlitten zusammen, stiegen wieder auf. Unten begutachtete mein Vater die Abschürfungen im schwachen Autolicht. Ich fühlte die Wärme auf meiner rechten Gesichtshälfte, und jetzt kam auch der Schmerz, dort, wo davor Haut war. Und dann hattest du wochenlang deine Haare in die eine Gesichtshälfte gekämmt, damit man die Abschürfungen nicht sah, sagt Ali. Dabei war es so noch auffälliger.

Nach einer kurzen Pause: Früher warst du abenteuerlustiger. Sie sagt es als Feststellung. So wie sie auch immer wieder sagt, dass ich früher unbeschwerter gewesen bin. Dass meine Abenteuer heute andere sind als ihre, will ich sagen. In den Momenten, in denen Alis und meine Unbeschwertheit heute noch zusammentreffen, verfallen wir in ein uns bekanntes Muster, das uns einander nahebringt, auf eine Weise, von deren Herkunft wir nichts wissen. Amira erinnert sich noch, wie Ali und ich als Kinder oft zu zweit unterwegs gewesen sind und dass dann klar war, wir hecken etwas aus. Wie wir uns gegenseitig mit unseren Einfällen so befeuerten, dass wir in unserer Überdrehtheit für alle anderen unerträglich wurden. Wie wir nur noch Blödsinn redeten und dass man nichts mehr mit uns anfangen konnte, bis wir uns wieder beruhigt hatten. Mir fällt das Foto ein, das meine Eltern in einem der Fotokartons haben. Ali und ich nebeneinander am Sofa, beide die Köpfe zurückgelegt, als wir mit offenen Mündern laut lachen.

Ich beobachte Ali dabei, wie sie die Einkäufe in den Kofferraum des Autos stapelt. Wie wenig ich gerade von ihrem Alltag weiß, wie ungreifbar für mich die Handgriffe sind, die sie täglich ausführt. Ich kann mir immer noch nicht vorstellen, dass es für Ali inzwischen Routine geworden ist, in schlafenden Körpern herumzuschneiden. Aber Alis Furchtlosigkeit lässt es naheliegend erscheinen. Einmal habe ich sie im Krankenhaus gesehen, ich sollte ihr ein Dokument vorbeibringen, das sie übersetzen hat lassen. Ich habe am Gang auf sie gewartet, bis sie in ihrem weißen Gewand und dem Kittel in ihrem schnellen Schritt mit den weißen Plastikschuhen, die beim Gehen am Boden quietschen, auf mich zugekommen ist. Was ist es, an dem Weiß dieser Kittel, das ihre Rolle festigt und Vertrauen weckt, in die, die sich als Ärzte und Ärztinnen verkleiden, um Becken wieder zusammenzusetzen oder Zellen aus dem Großvater zu schneiden. Wenn Ali jemand fragt, was sie beruflich macht, lautet ihre Antwort, sie arbeite im Krankenhaus. Nie sagt sie, sie sei Ärztin, weil ihr der weiße Kittel selbst Respekt einflößt. Dabei fällt ihr nicht auf, welche Sicherheit von ihr ausgeht. Wie sie jetzt schon mehr kann als andere, die schon viel länger im Krankenhaus arbeiten. Es scheint alles möglich neben ihr, sodass es uns leichtfällt, uns auf sie zu verlassen. Einmal wollte sie wissen, ob wir uns von ihr operieren lassen würden. Wir haben gescherzt und diskutiert und Szenarien entworfen, dabei war klar, dass wir alle froh wären, wäre sie es, die Dienst hat, sollte jemand von uns operiert werden müssen.

Als ich den Einkaufswagen unter die Überdachung zurückschiebe, fahren Autos am Parkplatz knapp an mir vorbei. Ich stelle mir vor, wie ich meine Hand nach ihnen ausstrecke und sie mit den Fingern berühre. Wie meine Fingerspitzen an den staubigen Rillen der Beifahrertüren entlanggleiten und dunkelgrauer Staub an ihnen haften bleibt. Wie ich die Straße überquere und dabei mit voller Wucht von einem Fahrzeug getroffen werde, wie das Reh, das mein Vater in der Nacht, als wir von der Therme heimgefahren sind, angefahren hat. Etwas seitlich, sodass ich gerade nicht durch die Frontscheibe falle, sondern von dem Auto aus dem Weg geräumt werde. Ich stelle mir vor, dass der Aufprall so fest ist, dass mein Körper mit dem Schmerz gar nicht nachkommt und nur der dumpfe Eindruck des Aufpralls bleibt. Oder aber mein Körper schlägt doch direkt durch die Scheibe, und ich lande am Beifahrersitz, mit dem Kopf nach unten, das Genick gebeugt. Während ich bereits gelähmt bin, beobachte ich noch das Geschehen im

Auto, wie ein Huhn, das mit abgetrenntem Kopf seinem Körper bei den letzten Bewegungen zusieht, wie er wie aufgescheucht im Kreis durch den Mist läuft, betrachte meine steifen Beine, die aufrecht im Auto in die Höhe ragen und die langen Finger des Fahrers auf dem Schalthebel, wie er ruckartig den nächsten Gang hineindrückt, als würde es ihn nicht stören, mich hier verkehrt herum und zusammengefaltet am Beifahrersitz zu haben.

Beim Abendessen probieren wir aus, ob es uns noch mit der gleichen Leichtigkeit gelingt, wie das Kind die Füße in den Mund zu stecken. Es sieht uns interessiert zu, wie wir unsere Beine verdrehen und unsere Köpfe neigen, wie es Georg dabei fast aus seinem Sessel schmeißt. Während wir die Spaghetti aus den Plastiktellern fischen, überlegen wir, wieso unsere Eltern nur noch selten miteinander sprechen. Georgs und Leas Mutter und die Mutter von Pascal, die Schwestern sind, haben schon früher viel Zeit damit verbracht, die Lebensentwürfe der anderen zu kommentieren. Überhaupt haben die Erwachsenen in unserer Straße die Aktivitäten der anderen immer genau beobachtet, sodass wir uns heute Mühe geben müssen, uns nicht ebenso ständig in Abrede zu stellen. Mein Vater fand die meisten eurer Eltern schräg, sagt Amira. Häufig hat er die Veränderungen kommentiert, die er in den Nachbargärten beobachten konnte, weil es der einzige Bereich war, in den er Einblick hatte. Oft hat er dann darüber spekuliert, wie es bei euch zu Hause zugehen mag, und mir zu anderen Freunden und Freundinnen geraten.

Wir sprechen darüber, wie sich in unseren Elternhäusern ihre Bewohner und Bewohnerinnen abgebildet haben. Dabei beschreiben wir einander das Setting, in dem wir aufgewachsen sind, wie um uns unserer gemeinsamen Vergangenheit zu versichern und unsere Erinnerungen abzugleichen. Amiras Eltern hatten eine Wohnung. Als die Mutter noch lebte, gab es Lasagne mit Salat auf zusammenpassenden Tellern. Nach ihrem Tod lief meistens der Fernseher, Amira übernahm das Kehren der Böden und Aufhängen der Wäsche, wenn sie von der Schule nach Hause kam. Am Ende der Straße lebte Ali mit ihren Eltern im obersten Stock eines Wohnhauses. Die Einrichtung hatten sie so von den Vormietern übernommen, ohne daran viel zu verändern, da sie nicht vorhatten, lange zu bleiben. Oft sagte Ali zu uns, der Sitz der Firma ihres Vaters werde bald nach Italien verlegt, und doch dauerte es Jahre, bis es so weit war. Als die Umzugswägen dann tatsächlich vor Alis Haus hielten und die Wohnung nach nur einem Nachmittag geräumt war, waren wir alle überrascht. Bei Ali hatten wir einander gerne zum Fernsehen getroffen. Ihr Vater besaß Videokassetten, auf denen er mehrere Stunden Fernsehwerbung aufgenommen hatte, die wir gerne am Wochenende einlegten und durchlaufen ließen, bis wir die Abfolge der Werbungen auswendig kannten. Das Haus von Pascals Eltern war das größte in unserer Straße, obwohl Pascal keine Geschwister hat. Seine Großeltern, die im oberen Stock lebten, hatten es gebaut. Das Erdgeschoss hatten Pascals Eltern auf minimalistische Art eingerichtet, was stilvoll sein sollte, aber vor allem steril wirkte. Die Einrichtung von Pascals Zimmer hatte ein Innenraumdesigner übernommen, alles passte zusammen. Mit vierzehn Jahren zog Pascal in den Keller und richtete sich mit Möbeln ein, die er beim Sperrmüll gefunden hatte. Das Verhältnis zu seinen Eltern hat sich seither verschlechtert. Bei Pascal gab es auf Designertellern aufgewärmten Tiefkühldorsch zu essen. Seine Mutter verbrachte viel Zeit in der Küche, räumte etwas in den großen Gefrierschrank, taute etwas auf oder wischte über die Flächen. Sein Vater mied die Küche. Oft trafen wir uns bei mir, weil unser Haus lange eine Baustelle war und es immer etwas zu tun gab. Die anderen waren gerne bei uns, weil man hier nichts wegräumen musste. An dem hohen Dachbalken hing eine lange Schaukel, die Wellensittiche flogen frei im Haus herum, und auf der nicht verfliesten Terrasse stand ein aufblasbarer Pool. Manchmal trugen wir die Matratzen und Decken aus allen Betten zusammen und türmten sie im Garten auf, sodass wir vom Balkon darauf springen konnten. Bei Georg und Lea waren wir auch oft. Sie lebten mit ihrer Mutter im Haus neben unserem. Der Garten war wild und schön, voller Obstbäume, Kräuter und Gemüsebeete. Das Haus war alt, Georgs und Leas Mutter hatte es renovieren lassen, Glas- und Betonelemente ergänzten die knarrenden Holzböden und Stiegen. In der Küche standen viele Gläser mit Tees und Kräutern, die sie von ihren Reisen mitgebracht hatte, und an den Wänden hingen Kohlezeichnungen aus wenigen Linien in großen Rahmen. Manchmal kamen meine Eltern abends mit herüber. Wir Kinder spielten dann oben in den Zimmern, während die Erwachsenen unten Wein tranken und über Keramik und Politik sprachen.

Meine Mutter sei sehr aufrichtig, sagte eure Mutter einmal zu mir, erzähle ich Lea und Georg. Nie habe man das Gefühl, dass sie sich verstellt, und immer wisse man, woran man ist. Sie kenne das nur von wenigen Menschen und schätze es. Ich fragte mich damals, wieso ich von dieser unverstellten Art meiner Mutter nichts geerbt hatte, wieso sich Authentizität für mich wie ein Konstrukt anfühlte, das es entweder gar nicht gab oder von dem sich meine Identität ständig wegbewegte.

Während wir die Reste vom Wein austrinken, senden uns Freunde Handyvideos von dem Hochwasser zu Hause. Von Fluten, die es über die Plätze treibt, auf denen wir täglich unterwegs sind. Von Autos, die es aufstellt, Türen, die es unter den Wassermassen eindrückt, und Wasser, das die Häuser durch die Fenster wieder verlässt. Wir sehen uns die kurzen, verwackelten Videos von der braunen Flut in den schmalen Gassen immer wieder an und begreifen, auch die Stürme, die wir als Kinder erlebt haben, sind kein Richtwert dafür, was uns in Zukunft erwarten wird. Durch unsere Schuld, durch unsere Schuld, durch unsere große Schuld, sagt Pascal, und die der Eltern und Großeltern, die ihren ausrangierten Kühlschrank noch in die Au gefahren haben.

Esther, ruft ihr mir nach, als ich mich mit dem Geschirr in Richtung Waschhaus aufmache, da ich mit Abwaschen an der Reihe bin. Mir fällt ein, wie ich euch früher oft in der Einfahrt nach mir rufen gehört habe, wenn ihr nach der Schule bei uns im Garten gestanden seid. Dann habt ihr zum Fenster hereingerufen: Esther, wir wollen los, bist du so weit? Und ich habe dann meist schon auf euch gewartet, ungeduldig, bis ihr endlich mit dem Mittagessen oder den Hausaufgaben fertig wart, habe den Lichtspiegelungen an meiner Zimmerwand dabei zugesehen, wie sie wandern und den Nachmittag mit sich nehmen. Habe gebangt, ob wir es heute überhaupt noch zum Fluss schaffen, wenn ihr nicht bald kommt, und dann seid ihr meistens schon mit euren Rädern im Garten gestanden, und ich habe euch rufen gehört. Esther, machen wir den Abwasch morgen, spielen wir lieber Karten, ruft ihr jetzt, und ich lasse mich wie immer leicht dazu überreden, Unbequemes zu vertagen.

Kommt es euch auch so vor, als würden wir uns große Mühe geben, nicht zu werden wie unsere Eltern, fragt Ali, während Georg die Karten mischt. Oder vielleicht wie Esthers Eltern oder Leas und Georgs Mutter, aber nicht wie die von Pascal zum Beispiel, das ist uns wichtig. Wir geben uns große Mühe, nicht zu werden wie die Eltern, die darüber sprechen, was es am Sonntag zum Essen geben soll. Die Tischuntersetzer verwenden, sich die Haare beim Frisör schneiden lassen, im Urlaub Vollpension nehmen, ein vollkaskoversichertes Auto besitzen oder zwei, das Bad putzen, wenn Besuch kommt, die Wäsche bügeln, nach dem Restaurantbesuch auf Google eine Bewertung schreiben, an festgesetzten Wochentagen Sex haben, mit Segeln oder Tennisspielen anfangen, um eine gemeinsame Aktivität zu haben, über die sich sprechen lässt, damit es beim Abendessen nicht immer so still ist, bis das Hauptabendprogramm losgeht, sich dann nach und nach die nötige Ausrüstung dafür kaufen, sodass sie mehr Zeit beim Einkaufen verbringen als beim Segeln oder Tennisspielen. Die das letzte Mal ein Buch gelesen haben, als es noch Klassenlektüre war. Wir geben uns Mühe, nicht so zu werden wie die Eltern, die ihre Kredite schon abbezahlt haben und deren Rasen immer gemäht ist. Wenn uns nur immer, und das ist uns wichtig, nur immer etwas drückt. Wenn uns nur immer etwas beschäftigt und interessiert. Wenn wir nur immer unruhig bleiben, und wenn wir nur bitte niemals bequem werden. Und während wir uns die Klischees zusammensammeln und innerlich Listen mit den Gewohnheiten dieser Eltern machen, uns dabei an unseren faltigen Hemden, löchrigen Socken und mit stumpfen Scheren selbst geschnittenen Frisuren, an unseren rostigen Autos und zerfledderten Secondhandbüchern festhalten, merken wir nicht, wie sich auch bei uns über die Jahre Festgefahrenes, Eigenheiten und Bequemlichkeiten eingeschlichen haben, die uns unbeweglicher machen als zum Beispiel Esthers Eltern, sagt Amira, die nicht zu jenen mit dem akkurat gemähten Rasen zählen, sondern die in unserem Alter während des Studiums ohne Einkommen und irgendwelche Absicherungen in einer Mietwohnung mit kaputtem Ofen Kinder bekommen haben, ohne sich Sorgen um ihr Überleben oder das der Kinder zu machen, ohne über Heirat oder Immobilienpreise nachzudenken und ohne auf ausgewogene Ernährung zu achten. Kinder, die sie weiter auf ihre Reisen mitgenommen haben, denen sie Kinderbücher übers Träumen und Auflehnen vorgelesen haben, die sie mit Filzstiften die Wände haben anschmieren lassen. Während Amira davon spricht, erinnere ich mich daran, wie die Geschwister und ich mit Filzstiften Linien auf den Verputz setzten. Wie wir Bilder zu zeichnen versuchten wie die, die wir mit den Eltern in den Höhlen in Frankreich gesehen haben. Bilder von großen Tieren, die in Herden über die Wände laufen. Und wie manchmal auch Ali oder Amira dazu kamen, um an den ausufernden Bildern mitzuarbeiten, die sich vom Wohnzimmer bis in die Küche zogen, und wie wir gemeinsam den Kopf eines Büffels zeichneten oder mit dichten Strichen seine Hufe ausmalten. Manchmal baten wir den Vater um neue Konturen, die Umrisse von Tieren, die wir ihm beschrieben und die er mit schnellen Bleistiftstrichen an die Wand warf.

Was wir kritisch benennen, zerfällt schon im Moment des Aussprechens. Was wir vergessen: Wie die Kritik das Kritisierte festigt, während sie uns die Möglichkeit des Aufbegehrens gibt und den Eindruck, tätig zu sein. Wir übersehen, dass die Kritik innerhalb des Systems, das wir kritisieren, ihren Platz hat. Sie verschiebt nichts Wesentliches, so Pascal. Der Kapitalismus etwa gerät durch unsere Kritik nicht ins Wanken. Manchmal übersehen wir, dass Transformation anderswo geschieht, mit anderen Methoden und in anderen Formen, meint er und taucht dabei seine Fingerspitzen in das Wachs der Mückenkerze, bis alle seine Finger von einer dünnen Wachsschicht überzogen sind. Er klopft die Finger gegeneinander, bevor er sich die Hüllen einzeln abzieht und sie verformt.

Das Bild von einem meiner ersten Treffen mit Jonathan schält sich aus der Erinnerung. Wir waren in einer Theatervorstellung, für die er billige Karten bekommen hatte. Verließen das Theater über die Hintertreppe und schoben uns zum Schutz vor dem Regen unter meinem eingeknickten Schirm zusammen, während wir uns über die Standing Ovations der Zusehenden aufregten, die etwas schon modern finden, wenn auf der Bühne nur oft genug *ficken* gesagt wird, und Geschlechterbilder als fluid erleben, wenn Frauen in Hosen Männerrollen spielen oder sich an den imaginierten Penis fassen. Jonathan kritisierte, dass selbst Mordszenen, bei denen Gedärme in langen Würsten lustvoll aus Leibern gerissen werden, *entertaining* sein müssen und eine Pointe brauchen, damit das Publikum vier Stunden Grausamkeit durchsteht und doch mit einem Schmunzeln hinterher ein oder zwei Gläser gut gekühlten Weißwein genießen kann, und dass er vor allem problematisch findet, wie hier Gewalt anhand einer ausschließlich bösen Figur dargestellt wird. Wie dieser eine nun in einem umgekehrten Geniemythos allein aus seiner eigenen Bosheit heraus grausam wütet, anstatt dass die politischen Verhältnisse vielschichtiger dargestellt würden, als es durch die paar Anzugträger auf der Bühne geschehen ist.

Lächerlich, sagt Pascal nun, während er die Ecken der Spielkarten aufbiegt, sei besonders die Denkfigur des guten Lebens. Die Fiktion, alles sei allen möglich, wenn man sich bloß anstrenge. Ein ausdifferenzierter Arbeitsmarkt simuliere eine Vielfalt an Möglichkeiten, nach denen es sich angeblich zu streben lohnt, eine breite Palette an Konsumgütern eine Vielfalt an Dingen, die es sich zu besitzen lohnt usw. Damit man dann, wenn sich diese Wünsche nicht erfüllen, unglücklich ist und nicht weniger unglücklich, wenn sie sich erfüllen, weil es dann wahrscheinlich eigentlich gar nicht so geil ist. Und dazu immer auch die Frage: Was kann ich für meine Zufriedenheit tun, was muss ich leisten, um zufrieden zu sein, innerhalb meiner Möglichkeiten und über diese hinaus, anstatt umgekehrt danach zu fragen, was uns dieser Staat geben muss, um individuelle Zufriedenheit für alle möglich zu machen, sodass nicht wieder etwas auf das Individuum abgeschoben wird, das eigentlich systemisch gelöst werden müsste. Lea darauf: Mich stört gar nicht so sehr, dass es Träume sind, denen man nachläuft (fraglos wäre es sinnvoller, sich im Bereich des Möglichen zu orientieren), als die Undurchsichtigkeit, wer einem diese Bedürfnisse eingegeben hat. Ich: Aber es ist ja auch nicht alles willkürlich. Die eigenen Antriebe und Ausrichtungen lassen sich überprüfen. Auch, ob die Momente individuellen Glücks mit dem eigenen rationalen Koordinatensystem zusammenpassen. Es lässt sich danach fragen, wem A oder B nützt. Nützt es dem Staat, wenn wir heiraten? Eher ja, weil wir so besser zu verorten sind und statistisch gesehen mehr konsumieren. Nützen dem Staat starke zwischenmenschliche Beziehungen? Nicht unbedingt. Weil aus Kollaboration auch Gegenentwürfe und widerständige Praktiken entstehen, Konzepte des Zusammenlebens und Teilens erwachsen können, die den wirtschaftlichen Nutzen unter Umständen unterlaufen. Die Antwort der Generation vor uns: Aufstand und Kritik. Wir können aber nicht ein Schema, das andere gefunden haben, noch einmal anwenden, sagen wir. Weil uns die Voraussetzungen für die Erfüllung dieses Schemas fehlen. Wenn man einmal alles Brotbacken außen vorlässt, könnte unsere Utopie die Kollaboration sein. Jahre über Jahre, es sind Jahre, sage ich, die es dauert, bis sich Veränderung abzeichnet. Es sind Zeiträume nötig, um zu sehen. Aber, hast du vergessen, wie ungeduldig wir sind?

Das Gespräch macht uns müde. Wir graben unsere Füße in den sandigen Boden. Vielleicht, sagen wir zu Amira, findet dein Kind ja die Lösung, vielleicht ist es als Prophet in die Welt gekommen. Ihr sollt Sand essen, sagen wir, indem wir die Bewegung imitieren, mit der es heute schon mehrere Male Sand zum Mund geführt hat. Und wir schauen zu, wie es krabbelnd immer wieder in eines der Sandlöcher fällt, die andere Kinder am Campingplatz tagsüber graben. Manchmal fällt es dabei aufs Gesicht und überlegt zu weinen, schleckt sich dann aber meistens den Sand aus den Mundwinkeln und krabbelt weiter.

Wir legen uns unter die Pinien und schauen aufs Wasser. Der Strand ist fast menschenleer, und selbst das Zirpen der Grillen und Schreien der Vögel ist leiser. Ich schaue auf meine Beine und die der anderen, wie wir hier aufgefädelt liegen, und ich frage mich, wieso gerade wir hier an diesem Ort in dieser Zusammensetzung gelandet sind. Dann scheint mir, es müsse so sein, weil es immer so war. Weil wir einander die Ersten waren und weil sich diese Ersten in unsere jeweilige Geschichte einschreiben, sodass wir immer wieder zueinander zurückkehren, und sei es auch nur für ein paar Tage am Wasser. Während ich euch beobachte, wie ihr fast reglos in dem wenigen Licht liegt, das noch durch die Bäume dringt, denke ich darüber nach, dass unsere Schnittmengen immer verschiedene waren. Als ich sie mir aufzuzählen beginne, merke ich, sie sind fiktiv: Während Ali und Amira in ihren Meinungen oft übereinstimmen, liegen Lea, Pascal, Georg und ich in unserem Denken näher beisammen. Dennoch teilen Pascal und Ali den Hang zum Extremen, Amira und ich jenen zur Sicherheit. Lea und Ali verbindet die Reiselust, Pascal und Georg der Übermut, Ali und ich teilen die Begeisterungsfähigkeit, Georg und Lea die Rücksicht usw. So begegnen wir uns an verschiedenen Stellen. Aber manchmal vergehen Wochen und Monate, in denen wir wenig voneinander hören und jeder in seinem eigenen Umfeld für die anderen verschwindet. Ali liegt neben mir und hat die Augen geschlossen, dabei sieht sie so entspannt aus, wie ich es bei ihr selten sehe.

Im Wasser bemerke ich etwas Graues. Mir scheint, es könnte der sichtbare Teil eines viel größeren Wales sein. Ein Wal, der sich im Wasser schwerelos bewegt und dem, wenn er strandet, das Gewicht seines Körpers das eigene Herz eindrückt.

Die Umrisse des Waldes erscheinen mir wieder verändert. Als ich die Konturen festmachen will, um sie mit dem Bild aus meiner Erinnerung abzugleichen, habe ich das Gefühl, dass mir etwas fehlt, und ich versuche, alles durchzuzählen. Alle Menschen um mich herum, meine Sachen, alles, was ich immer bei mir habe, zähle ich, und obwohl alles da ist, bleibt doch dieser Eindruck, dass etwas fehlt. Ich denke, ich habe lange Haare, als ich mir jetzt den Pullover über den Kopf ziehe und dabei einen weiten Bogen beschreibe, damit ich ihn über die zurückgebundenen Haare bekomme, aber dann merke ich, er streift an nichts, meine Haare sind kurz und sind es seit vielen Jahren schon. Ich gehe im Kopf Dinge durch, die mir anderswo Angst machen. Sie stellen sich hier auf andere Weise dar, verschwommener und deutlicher zugleich, was für die Unwirklichkeit dieses Ortes spricht. Zwischen den Bäumen sehe ich ein Tier, das sich wie ein Schatten aus dem Unterholz hervorschält und am Waldrand entlangschleicht. Ich stehe auf, während dieses Tier dort wartet. Es könnte ein Fuchs sein, denke ich, als ich mich nähere, und als ich euch danach fragen will, entdecke ich es nicht mehr zwischen den Sträuchern.

Es ist nichts, es ist ein Schatten.

Am Waldrand bemerke ich einen Kakibaum. Er leuchtet mit seinen Früchten in verschiedenen Farbintensitäten zwischen den anderen hervor. Als ich unter den tiefhängenden Ästen durchgehe und nahe an ihn herantrete, meine Finger um seine Früchte lege, merke ich, wie manche davon fest am Ast hängen, während andere sich leicht lösen lassen. Die Haut der hellen Kakis gibt unter meiner Berührung nicht nach, während die rötlich gefärbten schon bei sanftem Druck eindellen. Ich greife hinein in eine der roten Früchte, und Saft tropft von meinen Fingern. Ein paar der Früchte ziehe ich vom Baum, ein Teil des Astes und Blätter reißen mit ab. Durch meinen Eingriff aufgescheucht, fliegen die Vögel in verschiedene Richtungen davon. Ich drehe eine Kaki in meiner Hand und befühle die kalte, glatte Oberfläche. Lasse sie meinen Arm hinunterrollen und lege sie auf die Innenseite meines Unterarms. Balanciere die Frucht an einer Stelle, wo die Haut so durchscheinend ist, dass ich den Verlauf der Venen erkennen kann.

Als ich euch die Kakis bringen will, die ich hinter dem Rücken schützend zwischen meinen beiden Händen halte, fällt mir das Tier wieder auf, das jetzt nicht weit entfernt von euch im Sand liegt und sich die Pfoten leckt. Im Näherkommen erkenne ich, es ist der Hund, der heute Nacht bei uns geschlafen hat und zu niemandem zu gehören scheint. Seine Haltung ist vorsichtig, er nimmt sich ganz zusammen, zieht alles ein.

Ich knie mich zu ihm und warte, bis er sich entspannt. Bis er die angelegten Ohren aufstellt, halte ihm dann meine offene Handfläche hin. Streiche über sein nasses, struppiges Fell. Schaue ihm in die braunen Augen. Er legt den Kopf schief und hält meinem Blick stand, sodass mir mein Schauen in dem Tier gespiegelt scheint. Ich streiche ihm abwesend über das Fell. Achtundvierzig Stunden nüchtern, höre ich Ali rufen, die die Broschüre eines Anbieters von Paragleitflügen durchblättert. Das geht sich ja nie aus!

Ich gehe am Wasser entlang. Im Meterabstand liegen flachgedrückt reflektierende Massen, die ich erst von Nahem als Quallen erkenne. Es sind diese kleinen Quallen, die wir beim Schwimmen streifen, ohne dass sie Spuren auf unserer Haut hinterlassen. An manchen Stellen im Wasser sammeln sie sich so dicht, dass man dabei wie durch eine glitschige Substanz pflügt. Pascal kickt sie dann manchmal von sich, als wären es weiche Bälle. Ohne ersichtlichen Grund spült es sie hier massenhaft ans Ufer, wo sie schimmernd liegen bleiben. Ich schaue von einer zur nächsten. Als ich bemerke, dass sich die Reihe am Strand scheinbar endlos fortsetzt, wende ich mich schnell ab.

Setze mich neben euch und versenke wie ihr meinen Körper im Sand. Am Himmel stehen Gebilde, die nach keinen Drachen, Flugzeugen, Tieren oder anderen fliegenden Dingen aussehen, die ich zuordnen kann. Sie hängen am Himmel, auf dieselbe Art, wie die Quallen im Wasser treiben, schweben nur leicht auf und ab. Ihre Körper sind durchscheinende Strukturen, als wären sie Luftwesen. Ich stelle mir vor, wie sie über den Himmel floaten, voll mit den Gerüchen des Salzwassers und der Algen. Nach oben ist immer viel Luft, höre ich euch sagen. Oben wird die Luft dünn. Oben, da bekommt man leichter einen Sonnenbrand. Nicht hier, sagt jemand. Der Winkel, in dem die Sonne hier auf die Erdoberfläche trifft, macht das unmöglich. Ich schaue mich um und sehe in sonnenverbrannte Gesichter.

.

Tag 3

FLASER BED

Dann erreicht das Unwetter auch uns. Es hat die ganze Nacht geregnet. Als wir uns nach dem Aufwachen gegen die Innenwände des Zeltes lehnen, tropft es an den Stellen, an denen wir die Plane berühren, herein. Ich hatte einen Albtraum, sage ich zu Ali und Lea, die sich aus ihren Schlafsäcken schälen. Ich habe geträumt, wir müssten heiraten. Heiraten, im Ritus einer streng hierarchisch strukturierten Institution, in der ausschließlich Männer, die sich dem Zölibat verschrieben haben, in Machtpositionen sind. In einem patriarchalen Ritus, der vorsieht, dass wir von unseren Vätern vor den Altar geführt werden, wo sie unsere Hände in die unserer zukünftigen Ehemänner legen, so wie ein Mann sein Eigentum an einen anderen übergibt. Wir waren dabei verkleidet, in weiße Gewänder gehüllt, die eine Reinheit und Unberührtheit markieren sollten, von deren symbolischem Gehalt wir uns mühsam zu lösen versucht haben.

Das untere Ende meines Schlafsacks hat sich mit Wasser vollgesogen. Es ist jetzt so kalt, dass wir mehrere Schichten übereinander anziehen. Ali, die Kälte auf eine Weise hasst, als würde sie ihr persönlich schaden wollen, zieht sich, sobald wir den Reißverschluss geöffnet haben, wieder so tief in ihren Schlafsack zurück, dass nur mehr ihre Haare zu sehen sind. Sie wird ihn heute nicht verlassen, kündigt sie an. Niemand hat eine Jacke dabei, und unsere Sommerschuhe sind in den Rinnsalen, die sich zwischen den Zelten bilden, schnell durchnässt. Unsere Kleidung hängt tropfend von den Ästen, und das Geschirr, das wir am Tisch haben stehen lassen, hat sich mit Regenwasser gefüllt. Dazwischen aufgeweichte Brotreste und Georgs Buch, das an den Seiten aufquillt. Die Spielkarten schwimmen in einer kleinen Lache, die sich in einer Ausbuchtung der Tischplatte gebildet hat. Wir klettern bald wieder zurück in unsere Zelte, wie Tiere, sie sich in ihre Höhlen verziehen, und machen es Ali nach, igeln uns ein in den letzten Resten trockener Wärme. Auch den Hund, der wieder aufgetaucht ist und dessen Fell sich mit Wasser vollgesaugt hat, nehmen wir gegen Alis Protest mit hinein. Wir verbringen den Vormittag lesend, der Hund schläft auf unseren Füßen, das Feuchte sickert langsam aus seinem Fell in unsere Schlafsäcke. Weil wir alle keinen Empfang haben, dringen kaum Nachrichten in unsere Zelte. Ab und zu wagt sich jemand hinaus, um den Weg zum Waschhaus anzutreten. Bei der Rückkehr erhalten wir dann Berichte, wie: Es hat immer noch nicht zu regnen aufgehört, unsere Nachbarn reisen gerade ab. Oder: An der Rezeption hängt heute kein Wetterbericht, sie meinen, das Internet hat Probleme, sind aber überzeugt, lange kann es nicht dauern, es regnet hier für gewöhnlich nur kurz. Pascal geht schon zum zweiten Mal warm duschen. Als er zurückkommt, klingt er alarmiert. Das Wasser wird uns bald bei den Zelten hineinrinnen, wenn nichts geschieht, und dass das schon Flüsse sind, inzwischen. Wir ziehen den Reißverschluss etwas herunter und schauen durch den schmalen Spalt, die Rinnsale haben sich in reißende Bäche verwandelt. Sie drohen die Haken aus der sandigen Erde zu reißen. Das kakaofarbene Wasser strömt den abfallenden Zeltplatz hinab, als hätten wir unsere Zelte inmitten eines Flussbetts aufgeschlagen. Barfuß klettern wir hinaus und beginnen unwillig, unter Pascals Anweisungen mit Löffeln ein System aus Gräben um die Zelte anzulegen. Als wir in kürzester Zeit durchnässt in den Fluten knien, kommen zwei in ihren Regenjacken mit einer Kamera vorbei und fotografieren uns, für die Gemeindezeitung, wie sie uns erklären. Sie machen eine Fotostrecke zum Thema Urlaub, sagen sie, und wir nicken.

Als der Regen gegen Mittag nachlässt, will Lea hinaus. Manchmal hat sie diese Motivationsschübe, und man macht dann lieber mit. Als sie vorhin im Waschhaus war, hat ihr jemand von einer Gruppe erzählt, die vor ein paar Jahren nach einigen Tagen am Campingplatz in den Wald gezogen ist. Sie hätten sich eine Hütte am Waldrand gebaut, in der sie jetzt leben, und würden sich von dem ernähren, was sie hier finden.

Kommt, suchen wir diese Hütte. Lea trommelt ungeduldig gegen das Zelt. Ich sehe ein, dass es mit der Ruhe vorbei ist. Wir versuchen, auch die anderen zu überreden, doch Amira ist mit dem Kind beschäftigt, Georg und Ali dösen, und Pascal ist in ein Buch vertieft. Wir vereinbaren, uns mit den anderen in einer Stunde am Wasser zu treffen, und ducken uns unter den nassen Zeltplanen durch, ziehen uns Pullover und lange Hosen an. Der Hund folgt uns und schüttelt im Gehen sein nasses Fell.

Der Weg, der zu der Hütte führen soll, verläuft am Waldrand entlang. Man habe ihr erklärt, wo der Weg beginne. Er sei so zugewachsen, dass er schwer zu finden sei, sagt Lea und spricht von der gemeinschaftsstiftenden Funktion des Waschhauses, das ein Umschlagplatz für Informationen und Geschichten ist. Beim Zähneputzen und Auffüllen der Kochtöpfe kommt man ins Gespräch. Ich weiß von manchen hier schon mehr als nach Jahren von den Nachbarn und Nachbarinnen zu Hause. Dabei zeigt Lea auf eine schmale Öffnung, die direkt hinter dem kleinen, leerstehenden Gebäude mit der verblichenen Aufschrift *Reception* im Gestrüpp zu erkennen ist. Lea verschwindet im Wald, und ich folge ihr, schirme dabei mein Gesicht gegen die Äste ab. Der Weg ist nicht mehr als ein schmaler Pfad, der aussieht, als wäre hier noch nicht oft jemand gegangen. Er geht mal leicht bergauf, mal leicht bergab, scheint dabei aber nicht tiefer in den Wald hineinzuführen, sondern am Waldrand entlang zu verlaufen, wie man Lea gesagt hat. Das Gestrüpp zu beiden Seiten ist so dicht, dass wir bald nichts mehr vom Campingplatz sehen. Von außen dringen keine Laute mehr zu uns, nur die Waldgeräusche sind hier zu hören. Die Blätter der hohen Bäume erzeugen einen hellen, klingelnden Ton, wenn der Wind in sie fährt, als würde er damit spielen wie mit einem Instrument. Wir ziehen uns die Pullover aus, die Wärme hier ist stickig. Im Gehen weisen wir uns gegenseitig auf Pflanzen hin. Neben den Olivenbäumen, Pinien und hohen Laubbäumen wachsen auch Pflanzen und Kräuter, die wir hier nicht vermutet hätten und von denen wir am Campingplatz keine gesehen haben. Lea benennt Tollkirschen, Mohn und Gelben Eisenhut, und ich frage mich, woher sie ihre botanischen Kenntnisse hat. Wir bewegen uns vorsichtig auf dem schmalen Pfad, weichen den dornigen Ästen zu beiden Seiten aus. An manchen Stellen haben sich Tümpel am Weg gebildet, die so groß sind, dass sie sich nicht umgehen lassen, ein paar davon müssen wir durchwaten. Wir kommen an einem funktionalen Bau vorbei. Das regelmäßig schabende Geräusch, das sich beim Näherkommen verstärkt, haben wir schon von Weitem gehört. Eine Wasseraufbereitungsanlage, spekulieren wir. Es raschelt in dem dichten Gestrüpp. Schrille Vogelschreie sind zu hören, direkt hinter uns. Ich verliere das Zeitgefühl, es kommt mir vor, als wäre die Stunde schon lange um. Ob wir nicht umkehren wollen, frage ich Lea und nenne die Zeit als Grund, sage nichts von meiner aufkommenden Unruhe. Doch Lea scheint sich hier wohlzufühlen, ein bisschen weiter noch will sie gehen. Ich bin mir sicher, die Hütte kann nicht mehr weit sein, meint sie, dabei fährt der Wind so stark in die Bäume, dass die Äste sich biegen und es so laut rauscht, dass ich nicht verstehen kann, was Lea noch sagt. Ich folge ihr weiter auf dem Pfad, der zu einem Tunnel wird, je dichter das Gestrüpp an den Seiten verwebt ist und je höher es wächst. Es wundert mich, dass Lea noch nicht an Umkehren denkt, und ich bin auf eine Weise irritiert, die mit Lea zusammenhängt, weil ich es von früher gewohnt bin, dass wir in unserem Urteil übereinstimmen. Nach einer Weile, in der ich versunken hinter ihr her gehe, lichtet es sich an einer Stelle etwas. Da, ruft Lea und zeigt auf Gewächse, die nach Farnen aussehen. Ich verstehe nicht gleich, bemerke zuerst nur den süßlichen Geruch, und erst als ich Lea folge, mit meinen Händen an den Pflanzen entlangstreife, erkenne ich, dass wir inmitten eines Hanffeldes stehen. Es kann nicht mehr weit sein, ist Lea überzeugt, und bald zeichnet sich die Kontur eines verlassenen Holzgebildes mitten im Gestrüpp ab. Man erkennt es, selbst wenn man davorsteht, kaum, so überwachsen ist es. Schon fast wieder Natur. Hier lebt keiner mehr, sage ich, als wir Fenster bemerken, die aussehen, als wären sie lange nicht geöffnet worden. Ich stelle mir vor, wie sie sich diese abgelegene Stelle ausgesucht haben und alles selbst machen wollten, wie sie diese Hütte errichteten und auf ihren Isomatten darin schliefen. Wie sie hier nachts im Wald lagen und wie nah ihnen die Tiere dabei kamen. Wir drücken die Dornen und wilden Beeren von uns weg, um das Gebilde zu umrunden. Von den Menschen ist nichts mehr zu sehen, nur mehr ihre Hütte steht hier, unbenützt und überwuchert. Auf der Rückseite erkennen wir eine kleine Tür, die schief in den Angeln hängt. Von dem niedrigen Hügel dahinter ist eine schlammige Mure direkt über der Hütte abgegangen. Wenn man davorsteht, sieht man, sie hat die ganze Seite eingedrückt und die Tür aus den Angeln gehoben, sodass sie wie ein Keil in die Hütte hineinragt und den Zugang versperrt. Würde man die Tür herausziehen, würde die Hütte in sich zusammenstürzen, denn sie ist nach und nach zum tragenden Element in der schiefen Konstruktion geworden. Man müsste sich in der weichen Erde, die nach vielem riecht, einen Zugang graben, um ins Innere vorzudringen. Als wir näher herangehen, können wir durch die schmalen Ritzen zwischen den Balken die Reste einer Isomatte erkennen, modernde Erinnerung an eine frühere Schlafstätte inmitten widerspenstiger Ranken, eine Einladung zum Dornröschenschlaf. Meinst du, sie sind tiefer in den Wald gezogen, fragt Lea, und wir gehen ein Stück weiter, wo ein schmaler Pfad ausgetreten ist. Neben einem Baumstamm, der so dick ist, dass wir ihn zu zweit nicht umfassen können, entdecken wir etwas, das wir zuerst für einen Menschen halten. Es ist ein Gebilde in Menschengröße, auf einem Block sitzend, von dem ein Surren ausgeht. Im Näherkommen sehen wir, es ist eine Skulptur, an manchen Stellen schimmert der Stein hell durch die Oberfläche, dabei ist sie so übersät mit Mücken, als wäre sie mit etwas Süßlichem lackiert. Als wären die Mücken ein lebendig waberndes, dunkles Fell, das die Skulptur überzieht und ihr erst die Gestalt gibt, in der sie sich uns zeigt. Ich trete an sie heran und versuche, meine Hand an einer Stelle auf den Stein zu legen, an der weniger Mücken sind, doch sobald meine Finger die kalte Oberfläche berühren, gehen die Mücken auf meinen Arm über, als würden sie mich als Teil der Skulptur erkennen. Ich weiche zurück und schüttle meinen Arm, schlage ihn gegen den weichen Boden, um die Mücken loszuwerden, die sich darauf ausbreiten. Lea und ich sind uns jetzt einig, wir sollten umkehren. Schweigend gehen wir den Pfad entlang in die Richtung, aus der wir gekommen sind. Ich bin darauf konzentriert, die letzten Mücken abzuschütteln, achte nicht auf die Wasserlachen, durch die wir steigen. Es kribbelt in meinem Arm, und ich kann nicht sagen, ob es auch davor schon so gewesen ist. Vielleicht hat mein Arm immer schon gekribbelt. Ich schüttle ihn im Gehen aus.

Als wir die ersten Zelte sehen, scheint uns der Wald schon wieder weit entfernt. Als würden der Campingplatz und der Wald nur zufällig nebeneinander liegen. Als wären sie nur an wenigen Stellen durchlässig füreinander. Es erleichtert uns, als wir Kinder schreien hören und das metallene Geräusch, das durch das Herunterfahren der Markise am Eiskiosk entsteht. Wir finden die anderen noch bei den Zelten, wo sie ihre Sachen zusammensammeln. Ob wir im Wald gewesen seien, will Pascal wissen. Kaum, antworten wir, der Pfad verlaufe am Rand entlang. Nächstes Mal komme ich mit, sagt er, aber dann machen wir eine richtige Expedition, in den Wald hinein. Wir sagen nichts dazu.

Das Wasser ist heute wild, das sehen wir schon von Weitem. Der Himmel dunkel, die Wolken geschlossen, verdichtet zu einem düsteren Gebilde, während das Meer darunter in hohen Wellen zusammenschlägt, sodass es in den Ohren nachrauscht. Die Fahne am Mast, die anzeigt, dass heute vom Baden abgeraten wird, reißt es im Wind hin und her. Amira will mit dem Kind draußen bleiben. Sie spielen im Sand, während wir uns ins Wasser aufmachen. Ich tue es Ali und Pascal nach, die schnell in die Wellen hineinlaufen, damit der Moment der ersten Kälte schneller vorbei ist. Während wir uns gegen die Wellen werfen, unterspült werden und uns wieder aufraffen, drückt es mir das Wasser in die Nase und den Sand unter das Oberteil. Wankend stehen wir wieder auf, um von der nächsten Welle noch härter getroffen zu werden. So machen wir es über Stunden, während der Strand sich mehr und mehr leert und der Lifeguard am Ufer uns als letzte Verbliebene beobachtet. Ich stelle mir vor, wie wir von dort, wo er steht und zu uns herschaut, aussehen. Stelle mir unsere Köpfe vor, die als stecknadelgroße Punkte in den Wellentälern auftauchen, bevor sie unter der nächsten zusammenschlagenden Welle wieder verschwinden. Ich bin müde vom Kampf gegen die Wellen, und mein Hals brennt von dem Salzwasser, das ich geschluckt habe. Als ich ans Ufer komme, ist mir sofort wieder kalt. Ich ziehe mir den Pullover an und die lange Hose, stülpe die Socken über die Hose, sodass der Wind keine Haut findet, und wickle mir mein Shirt um die nassen Haare. Der Sand legt sich in meinem Gewand ab.

Amira und das Kind sind inzwischen wieder zum Zelt zurückgegangen, die anderen sind noch im Wasser. Während ich sie dabei beobachte, wie sie sich weiter gegen die Wellen werfen, fällt mir der Besuch beim Großvater ein, kurz vor meiner Abfahrt. Das Salzwasser, das zwischen meinen Fingern trocknet, fühlt sich ähnlich an wie die Trockenheit, die das Mittel erzeugt, das ich jedes Mal beim Betreten des Krankenhauses in meinen Handflächen verreibe. Als ich zuletzt in das abgedunkelte Zimmer kam und den Großvater reglos im Bett liegen sah, war mein erster Gedanke, ich könne nun nicht auf Urlaub fahren. Wann das passiert sei, flüsterte ich in den veränderten Raum hinein. Vor einiger Zeit, sagte der Pfleger, aber das hieß nichts, es muss doch gerade erst gewesen sein, dachte ich. Seine

Zeit funktioniert anders, er gebraucht die Wörter für Zeit falsch. Und wie, wollte ich wissen, obwohl ich mit Medizinischem nichts anfangen kann, es mir keine Beruhigung verschafft, biologische Vorgänge beschrieben zu bekommen und Ursachen, die doch nicht bis zur letzten Ursache zurückreichen. Ich wollte das Zimmer verlassen und begann, den Mundschutz und die Plastikschürze abzustreifen, da rief mich der Pfleger zurück. Greif ihn an, er spürt, dass jemand da ist, sagte er, und obwohl es mir widerstrebte, hob ich eine Hand an die Stirn des kühlen Körpers, der mich nicht an den Großvater erinnerte. Der Brustkorb hob sich schwer und mechanisch. Der Großvater war nicht wach zu bekommen. Ich wollte an ihm rütteln, ihm die Schläuche herausreißen, damit auch der, durch den die Sedierung tropfte, verschwand, aber der Pfleger beobachtete mich. Ich berührte den Körper des Großvaters kurz und leicht, legte eine Hand auf seine regungslose und drückte vorsichtig zu. Bald komme ich wieder, sagte ich zum Großvater, aber er antwortete mir nicht. Ich fühlte mich schlecht, weil ich wusste, bald würde nicht so bald sein. Bis bald, wiederholte ich trotzdem noch einmal laut und nah an seinem Ohr, weil er schlecht hört und ich mir sicher war, jetzt kommt jeder Laut von noch weiter weg. Ich rüttelte leicht an seiner Schulter und sagte, wie tapfer er sei, so wie ich es in den letzten Monaten manchmal zu ihm gesagt hatte. Obwohl ich jedes Mal merkte, wie es ihn irritiert. Ich weiß nicht, warum, weil er sich nicht für tapfer hält, weil er glaubt, er jammert zu viel, oder weil er es nicht mag, dieses Wort, das man zu einem Kind sagt, wenn es erträgt, was auszuhalten ist. Ich kann unmöglich auf Urlaub fahren, dachte ich beim Verlassen des Krankenhauses wieder, als wäre das nun relevant. Dann bin ich doch gefahren, und der Großvater scheint mir jetzt weit entfernt. Er ist zu Hause, und ich bin hier.

Lea kommt aus dem Wasser, und ich reiche ihr das einzige trockene Handtuch. Vereinzelt bewegen sich Fische in den kleinen Becken auf den Felsen, die durch die hohen Wellen entstehen. Das Wasser sammelt sich dort, und wir fragen uns, ob diese Fische jemals wieder ins Meer gelangen. Sobald der Himmel an manchen Stellen aufreißt, kehren auch andere wieder zurück an den Strand. Vor allem Kinder, die so wie wir von der Stimmung angelockt werden und sich jetzt wie Abenteurer mit einer Mission am Strand beraten. Dabei sammeln sie Treibgut auf und zeichnen Pläne in den Sand. Lea regt sich darüber auf, dass sie weitere Tiere aus dem Meer schöpfen. Sie beobachtet die Kinder, wie sie unermüdlich zwischen dem Wasser und den kleinen Salzbecken hin und her laufen, Fische aus ihren Kübeln hineinschütten. Lea wird, sobald sie damit fertig sind, alle Fische in ihren Händen wieder zurück ins Meer bringen. Sie wird aus ihren Händen eine Schale formen, so wie sie es für den Hund tut, der nicht weit entfernt von uns im Sand liegt. Wenn sie denkt, er ist durstig, schüttet sie sich aus der Plastikflasche Wasser in ihre Hand, die sie zu einem Becken wölbt, und er trinkt daraus, während es langsam zwischen ihren Fingern heraustropft.

Wir schauen auf das graublaue Wasser, das in hohen Wellen gegen die dunklen Felsen schlägt. Vulkanisch, behaupten wir, ohne jede Grundlage. Wir spekulieren viel hier, über den Ort und seine Beschaffenheit, weil wir nur wenig wissen. Ali und Pascal sind immer noch im Wasser, und wir sehen ihre Köpfe oft über lange Zeit nicht mehr auftauchen. Ab und zu leuchtet Alis helles Haar auf einem Wellenkamm. Sie sind erschöpft, als sie schließlich ans Ufer waten und sich neben uns in den Sand fallen lassen, aber sie sehen wie zufriedene Kinder aus. Ihr seid unermüdlich. Erinnert ihr euch, wie Pascal, immer wenn er etwas Neues begann, wie Jonglieren oder Schach, sich so lange damit befasste, bis er es besser beherrschte als jeder andere, um dann nie mehr dazu zurückzukehren. Vielleicht hast du dir deswegen das Programmieren ausgesucht, meint Georg, weil sich dir dort immer neue Probleme stellen.

Die wenigen am Strand halten ihre Sonnenschirme, die sie gegen die Sonne aufspannen, die jetzt manchmal durchbricht, im Wind fest. Auch Amira kehrt zurück, mit dem Kind auf dem einen Arm und einem Sonnenschirm unter dem anderen. Sobald sich die

Sonne am Himmel zeigt, brennt sie herunter. Amira drückt den Sand um den Schirm fest, damit das Kind Schatten hat. Ein paar Jungen spielen hinter uns Fußball, immer wieder trifft uns fast der Ball. Wir beobachten einen von ihnen, einen mit blondierten Haaren, wie er flucht und gestikuliert. Wie sein Vater, vermuten wir. Wie er den anderen Jungen mit Schlägen droht, wenn sie nicht tun, was er will. Beim Obststand hat Lea reife Pfirsiche gekauft. Als sie jedem von uns einen gibt, sagt Ali, bei Pfirsichen müsse sie immer daran denken, wie Pascal in Korsika aus Versehen einen Kern verschluckt und dann den Nachmittag am Klo verbracht habe, und Pascal sagt, es sei schlimm gewesen, aber so schlimm auch wieder nicht, weil vom Klo das Rauschen des Meeres zu hören gewesen sei. Und dann sagt er, während er in einen Pfirsich beißt und es ihm aufs Shirt tropft, dass er bei Pfirsichen im Gegenteil immer an die Szene aus diesem Guadagnino-Film denken müsse, als Timothée Chalamet in den Pfirsich masturbiert.

Wie sie reagieren wird, wenn sie das Kind einmal beim Masturbieren erwischt, wollen wir von Amira wissen, und sie sagt, dass sie sich darüber noch keine Gedanken gemacht hat. Ali erzählt, dass ihre Mutter immer den Kopf geschüttelt habe, wenn sie sich als Kind bei langen Autofahrten oder abends am Sofa mit der Hand in die Unterhose fuhr, und dass sie schnell verstanden habe, dass man das nicht tue, vielleicht nie tue, sagt sie, während sie sich ihre vom Pfirsich schmierigen Hände am Handtuch abwischt. Deshalb solle man das Kind in seiner Wahrnehmung bestätigen, meint Lea. Man solle ihm sagen, dass sich das gut anfühle, und dann erklären, dass es aufgrund gesellschaftlicher Konventionen Kontexte gebe, in denen es das genießen könne, und andere, in denen es das lassen müsse. Wie oft sagt Lea sanft und unverstellt, was wir alle als richtig erkennen, während wir noch in anderen Regungen feststecken. Lea ist dabei schon einen Schritt weiter, und es wirkt, als würde es ihr leichter fallen, auf andere zu schauen, nicht nur auf die ihr Nahen, sondern auf alle anderen. Dass ich niemanden kenne, der gut und lieb ist wie Lea, obwohl wir es vermeiden, diese beiden Begriffe laut auf sie zu beziehen, weil es Lea wütend macht. Weil es erstens nicht wahr ist, sagt sie, und ihr alle ebenso gut oder wenig gut seid wie ich, und dann: Wer will denn schon vor allem als gut und lieb gelten und nicht lieber als intelligent, als abenteuerlustig oder mutig. Dass sie das alles auch sei, sage ich dann, aber dass ich einmal von einer Übung gegen Selbstzweifel gelesen habe, bei der man den Namen einer Person in die Ecke schreiben sollte, um sich aus deren Perspektive zu betrachten, und wie ich mir vorstellte, Leas Namen zu notieren, weil ich mir niemandes Urteil über mich gütiger vorstellen kann, trotz allem, was Lea über mich weiß.

Ihr sprecht noch über Masturbation, während ich meinen Pfirsich esse und dabei an die erste Nacht denke, die ich neben Jonathan verbracht habe. Ich wurde von dem Geräusch des Schneepflugs geweckt, der vor dem Haus zu räumen begann. Wann ich eingeschlafen war, wusste ich nicht, es wunderte mich, dass ich überhaupt geschlafen hatte. Ich kann mich erinnern, mein letzter Gedanke war, jetzt liegen viele stille Stunden vor mir, in denen ich endlich nachdenken kann, während Jonathan neben mir schläft und alles für einen Moment zur Ruhe kommt, unter der weißen Decke. Dann muss ich eingeschlafen sein. Er lag neben mir, seine Hand leicht auf meinem Bauch, und ich konnte nicht sagen, ob er wach war. Jedes Mal, wenn ich wach wurde, hatte ich den Eindruck, er ist es auch, vielleicht hat er die ganze Nacht nicht geschlafen. Vorsichtig hob ich seinen Arm weg und ging zum Fenster, bemerkte jetzt den Kopfschmerz vom Gin und den Rauchgeruch in den Haaren vom Vorabend. Ich schob das Tuch, das er vor das Fenster gehängt hatte, zur Seite und schaute hinaus auf das Weich im orangen Licht der Straßenlaternen. Es schneite immer noch weiter, und der Schneepflug schob sich vergeblich durch die hohen Türme, die alles verwandelten. Der Blick aus dem Haus am Bach, als wäre es das einzig bewohnte Haus hier und wir die Einzigen in ihm, hinunter auf die verlassene Gasse und das Bachbett, das in Stufen verläuft, die Sicht eingeschränkt, wegen der Äste, die unterm Schnee tief hingen. Zwischen dem Geräusch des Pflugs das Rauschen des Wassers, ähnlich dem Rauschen des Meeres hier. Ein Rauschen, das ich im Traum hörte, in der ersten Nacht, in der ich neben Jonathan schlief, während er wach war. Später ging ich aus dem Haus, zog die schwere Haustür mit einem Ruck zu, ohne dass sie richtig schloss. Heroben war es still, in allen Häusern war es dunkel. Es schneite lautlos auf die weichen Massen, türmte sich immer mehr, und was schon fast bedrohlich war, was zu einer erstickenden Menge wurde, sah jetzt so schwerelos aus. Allein ging ich die Gasse entlang, entfernte mich von dem Bachrauschen und dem Haus, in dem Jonathan jetzt schlief, duckte mich unter den tiefhängenden Ästen. Bald würde es dämmern, aber noch war es Nacht, und der Himmel hatte ein seltsames Rosa, dazu das weiche Licht der Straßenlaternen, die ihr Möglichstes taten, und die Kulisse des schwarzen, schneebedeckten Nachtwaldes. Ich stand und schaute einen Moment, bevor ich mir die Mantelärmel über die Hände zog und die Schneemassen vom Auto schob, dass es in den Kragen und die Schuhe rieselte. Als ich im kalten Auto saß, um mich herum nur Schnee und aus dem Fenster kein Rausschauen, hatte ich den Eindruck, alles hier steht kurz vorm Verschwinden. Ich drehte die Musik laut auf, gegen die Dämmung des Schnees, der jedes Geräusch verschluckte und sich über alles legte, was zählt, und alles, was nicht zählt, bis es unterschiedslos als Wölbung unter einer dichten Decke zurückblieb. Beim Hinunterfahren kam ich mehrmals ins Schleudern, und kurz machte es mir Spaß, keine Kontrolle mehr über das Auto zu haben. Als würde ich rodeln, und keiner ist da, mit dem ich zusammenstoßen könnte, nur Bäume und Wände, aber die liegen unter einer weichen Polsterung verborgen und tun keinem mehr was.

Ich liege auf der Seite, betrachte die sanften Formationen des Sandes. Er sieht aus wie Schnee, in dem der Wind seine Spuren auf ähnliche Weise hinterlässt. Das Tosen des Wassers ist so laut, dass vom Wald her nichts zu hören ist und wir die Geräusche der Tiere nur erahnen können. Das Buch, das ich aus der Tasche gekramt habe, liegt aufgeschlagen über meinem Oberschenkel. Ohne es zu bemerken, habe ich zu lange in die Sonne geschaut. Als ich in dem Buch lesen will, wandert ein blinder Fleck mit. Er springt von Zeile zu Zeile, verdeckt jedes Mal mehrere Buchstaben, die ich mir im Lesen ergänze. Ich achte bald nur mehr auf die Flecken statt auf die Wörter um sie herum.

Die Pfirsiche konnten nichts ausrichten gegen unseren Hunger, und Ali kauft am Kiosk eine Focaccia, die fettige Flecken auf dem Papier hinterlässt, in das sie eingeschlagen ist. Ali bricht jedem ein Stück ab und reicht sie herum. Georg hält seine Hände auf wie bei der Kommunion, als er seines entgegennimmt. Als ich an der Reihe bin, bemerke ich die große Narbe auf Alis Unterarm, die mir lange nicht mehr aufgefallen ist. Die Haut ist an dieser Stelle heller und wölbt sich in Furchen, die von Nähten durchzogen sind. Jonathan hat mir erzählt, dass er sich erinnere, wie ihm als Kind zum ersten Mal bewusst geworden sei, dass aus einer Wunde eine Narbe entsteht. Und wie ihm der Gedanke furchtbar erschien, dass diese nun nicht mehr loszuwerden sei, dass sein Körper nicht mehr auf die gleiche Weise ungezeichnet und unbeschadet sei. Ali hasste ihre Narbe, vielleicht aus demselben Grund. Ali, erinnerst du dich daran, wie du deine Narbe immer verborgen hast? Wie du selbst im Sommer langärmlige Hemden getragen hast oder Schweißbänder. Nur wenn du mit uns zusammen warst, hast du sie unbedeckt gelassen, weil du wusstest, sie interessiert uns nicht. Nur wenn du unsere Blicke bemerktest, hast du sie mit deiner Hand bedeckt. Sie habe ihrem Körper gegenüber in den letzten Jahren ein gnädigeres Verhältnis entwickelt, sagt Ali. Jeden Tag sei sie mit so vielen verschiedenen Körpern konfrontiert, sie habe durch ihre Arbeit einen anderen Blick darauf bekommen. Wie alles in einem Körper ineinandergreift, was ein Körper ständig leisten müsse. Sie lässt jetzt auch den ihren sein. Wenn ich mich an einem Tag unwohl fühle, sagt sie, schaue ich mich einfach nicht in den Spiegel. Mir geht es ähnlich, sagt Lea, aber sie wolle sich dennoch schminken, wenn sie Lust darauf habe. Außerdem fühle ich mich in Kleidung, die dem Bild entspricht, das ich von mir zeigen möchte, wohler als in Sachen, die mich in eine Rolle zwingen, in der ich mich nicht sehen mag. Jedes Gewand verhüllt auf andere Weise, zeichnet andere Bilder nach außen. Aber Kleidung sei ja hier zu vernachlässigen, stellen wir fest.

Ich drehe mich auf den Bauch und wische mir den Sand aus den feinen Härchen an den Unterarmen. Hier ist überall Sand. Solange ich ihm Widerstand leiste, fühlt es sich wie ein Ärgernis an, wenn ich versuche, das Handtuch und die Füße davon zu befreien. Aber sobald ich akzeptiere, dass er von nun an auf der Haut und in der Achsel kleben wird, vermag ich anders von ihm zu denken, wenn ich mit den Fingern über das Amalgam aus Schweiß, Salz und Sonnencreme fahre, das eine Patina auf meinem Unterarm bildet und mich an Sperma erinnert, wenn es auf der Haut trocknet. Ich drehe meine Arme so, dass ich die helle Haut an den Unterarmen, wo die Venen durchschimmern, sehe und hebe dann meine Hand näher an mein Gesicht. Schaue an den unzähligen kleinen Faltungen entlang, die sich über die Oberfläche meines Handrückens ziehen, und denke daran, wie Jonathan meine Hand in seinen Händen hielt und mich fragte, ob meine Hand immer schon so alt ausgesehen habe. Ich stelle mir meinen Körper als alten Körper vor, mit all den Abnutzungen und Belastungsspuren, die von den vergangenen Jahren erzählen. Wie die Haut an vielen Stellen zerknittert und die meisten Bewegungen nicht mehr selbstverständlich sind. Findet ihr, dass meine Hand nach einer alten Hand aussieht, will ich wissen, und ihr nickt dazu. Ich erzähle euch davon, wie ich meinen Großvater im Krankenhaus besuchte, dass in zögerlicher Handschrift auf einem Zettel stand: *Und wenn ich nie mehr allein sprechen und essen kann?* Ich wendete den Zettel, der voller Blutflecken und anderer Flecken war, von deren Herkunft ich nichts wusste, und betrachtete das Geflecht aus Gedanken, die der Großvater nicht aussprechen kann. Er kam in tastendem Gang an sein Bett zurück. Ich sah dabei seine Knochen deutlich, als bestünde er nur mehr aus Knochen und der faltigen Haut darüber. Mit fragenden Fingern drehte er an der Verschlusskappe, die in dem Loch in seinem Hals steckt, schraubte das Redeventil hinein, durch das er mit fremder Stimme spricht. Beim Einatmen machte es ein saugendes Geräusch. Ich zog mir einen Sessel nah heran, und als er seine Finger um meine legte, meine Hand hin und her drehte, fragte ich mich, ob auch die Haut an den Händen des Großvaters immer schon alt ausgesehen hat. Er bekam einen Hustenanfall und saß mehrere Minuten gekrümmt am Bett, saugte nach Luft. Ich wusste nicht, was tun, und legte ihm die Hand auf die Schulter, klopfte zögerlich auf seine hervortretenden Schulterblätter. Wartete dann, als er mich wegschob, am Fenster. Mein Blick fiel auf den obersten Zettel auf seinem Block, während er immer noch hustete. *Die meisten alten Menschen sterben an Fieber*, war der letzte Satz, darunter waren Fieberwerte notiert. Ob er Fieber habe, fragte ich, als er wieder ruhiger schnaufte. Gestern Nacht habe er so hohes Fieber gehabt, dass sie ihn geholt und in einen anderen Raum gebracht hätten. Er dachte, es sei zum Sterben, sagte er mit der fremden, krächzenden Stimme, die ich ihm immer noch nicht zuordnen kann. Ich denke hier viel über Körper nach, sage ich zu euch, weil sonst Verhülltes hier den ganzen Tag unverhüllt freiliegt. Die Wärme von Jonathans Hand verschränkt sich in meiner Vorstellung mit der Kälte von jener des Großvaters. Es ist eine Gleichzeitigkeit, mit der ich nicht umgehen kann. Könnt ihr etwas anfangen mit diesem Nebeneinander von Wärme und Kälte, dem Beginn einer fortdauernden Berührung im festen Griff der einen Hand und dem vorauszusehenden Abschied im Loslassen der anderen, deren Finger sich in der Berührung langsam lösen?

Amira stemmt das Kind über ihrem Körper in die Höhe. Strampelnde Arme, lachendes Kindergesicht, kopfüber. Sie rollt das Kind über ihre Beine, sodass es in einem Purzelbaum im Sand landet. Es stürzt sich auf die Mutter, für weitere Drehungen. Amira zieht es an ihrem Rücken in die Höhe, lehnt sich nach vorne und fängt das Kind, als es an ihrem Kopf vorbeistürzt. In einem Tanz, der einer Choreografie folgt, von der nur sie beide wissen. An Pascal und Georg gerichtet sagen wir: Wir haben nie darüber gesprochen, wie wir zum Kümmern erzogen worden sind, anders als ihr. Die Verantwortlichkeiten, die uns auferlegt wurden und aus denen wir uns nur schwer lösen, sind andere. Wenn ihr von dem Druck, etwas leisten zu müssen, sprecht, müssen wir von dem Druck sprechen, mitfühlen zu müssen. Vom Sorgen und Kümmern. Wie von einer Frau in jeder Lebensphase Empathie und soziales Agieren erwartet werden – zuerst den Eltern und Geschwistern gegenüber, dann den Freunden und Freundinnen, den Partnern und Partnerinnen, den Kindern und schließlich den Älteren gegenüber. Die Aufgaben, die für andere zu erledigen sind, reihen sich, ohne abzureißen, aneinander. Aber, sagen wir, nicht die Empathie ist das Problem, sondern dass sie von manchen mehr als von anderen erwartet wird.

Wir nutzen die Regenpause, um uns Richtung Ort aufzumachen. Wir hoffen, dass es mit dem Regen jetzt vorbei ist, doch sobald wir in der ansteigenden Gasse vor einem Lokal sitzen, beginnt es wieder zu tröpfeln. Weil wir als Letzte gekommen sind, sind wir die einzigen Gäste, die unter dem Vordach keinen Platz gefunden haben, also drücken wir uns halbherzig gegen die Hauswand, die nicht viel Schutz bietet. Pascal hebt den Untersetzer aus Papier in die Höhe, auf dem Tisch haben die Gläser Ränder in verschiedenen Größen hinterlassen, die an manchen Stellen ineinandergreifen. Er liest in einer Betonung, die einen toskanischen Dialekt andeuten soll, *La Maremma*. Während er sich durch die italienischen Verse müht, schiebt er immer wieder Übersetzungsversuche ein, in denen zuerst von Sanddünen, dichten Wäldern und Flussläufen die Rede ist, die sich in Becken mit dem Meerwasser mischen, von Sehnsucht nach der wilden Maremma, bevor das Gedicht, beherrscht von herumziehenden Wildschweinen und der Malaria, in den Sumpf kippt. Ali kommt ihm immer wieder zu Hilfe, bis sie eine abwehrende Geste macht, als Pascal sie um das nächste Wort fragt. Die Übersetzung ist ihr zu frei, er solle da selbst einen Weg herausfinden, aus seinem Wildschweinsumpf, sagt sie und schenkt sich nach.

Obwohl es nach dem Essen immer noch regnet, streunen wir durch die Gassen. Ich stelle mir vor, für immer hier im Regen unterwegs sein zu müssen, so wie ich mir im Hallenbad in der Tunnelrutsche vorstelle, dass sie nie aufhört und ich für immer durch den dunklen Schlauch mit den wechselnden bunten Lichtflecken und der eigentümlichen Musik rutschen muss und dass das jetzt die Hölle ist. In der Fußgängerzone zwischen den Flanierenden ein magerer Mann mit einem Stein in der Hand. In einer Tanzbewegung lässt er diesen in Richtung der Vorbeigehenden niedersausen, als würde er ihnen damit auf den Schädel schlagen wollen. Bremst dann in der Bewegung ab, kurz bevor er jemanden trifft, wendet sich um. Die meisten merken nichts davon.

Wir setzen uns in eine Bar am Fluss, die so nah am Wasser liegt, dass es bald unter den Türen hereinfließen wird, wenn es weiter regnet, und alle Nussschalen am Boden weggeschwemmt werden. Wieso hier so viele Nussschalen am Boden liegen. Weil sie die hier nicht am Tisch sammeln, antwortet Ali, jeder kehrt sie einfach auf den Boden, so –. Dabei schiebt sie mit ihrer flachen Hand die Nussschalen vom Tisch, und es macht das Geräusch, das es macht, wenn Nussschalen auf den Boden fallen. Wir bestellen Bier und sprechen über Beziehungen allgemein und unsere eigenen im Besonderen. Lea wünscht sich, an einen Punkt zu kommen, wo man es vermeidet, Ansprüche an den anderen zu stellen, dass man einander sein lässt. Miteinander ist, wenn man es will. Wo man Körper und ihre Teile als bewegliche Zonen denkt. Der Wunsch, einem anderen alles sein zu wollen, erscheine ihr zunehmend fragwürdig.

Georg hat sich inzwischen mit einer Runde am Nachbartisch angefreundet, die schon einige Bier weiter ist. Er scherzt unbeschwert mit ihnen, und wir reden darüber, wie sich heute kaum noch ein Altersunterschied feststellen lässt, obwohl Georg früher, als der Jüngste in der Nachbarschaft, für viele unserer Spiele noch zu klein und dann für unsere Lokalbesuche noch zu jung war. Dass jetzt an ihm noch deutlicher hervortritt, was sich immer schon abgezeichnet hat, sein Wohlmeinen anderen gegenüber, und wie wir heute von ihm lernen können. Von der Neugierde, die er jeder Nacht gegenüber aufbringt, dass er jedes Vorkommnis als Erfahrung begrüßt und jedes Mal wieder alles möglich scheint, wie er jedes Gespräch unvoreingenommen beginnt. Eine Neugierde, sagen wir, die wir in den letzten Jahren zu großen Teilen schon verbraucht haben.

Ich bemerke, wie Pascal sich aus der Unterhaltung hinauslehnt. Er trinkt schweigend an seinem Bier und schaut aus dem Fenster, wo das Wasser herabstürzt. Dann steht er unvermittelt auf und geht. Als er auch nach einer Weile nicht wiederkommt, gehe ich ihn suchen. Pascal steht beim Wasser, zwischen den Vorübereilenden, von denen er sich durch seine Körperhaltung deutlich unterscheidet. Er steht dort, als würde er aus der Zeit fallen. Heute sei ihm alles zu viel, sagt er, als er mich bemerkt. Habe ich das schon gesagt, fragt er, ich erinnere mich nicht mehr. Die Leute und Geräusche, ihm sei schwindlig und schlecht. Er fährt sich mit der Hand am Hals herum, sein Gesicht sieht sehr jung aus. Er habe das jetzt wieder öfter, schaut dabei fahrig an mir vorbei nach oben, in alle Richtungen, und ich weiß nicht, wie ich ihn anreden kann. An manchen Tagen spricht er mit uns, in der Art, wie er unbeschwert Gespräche anregt, an anderen Tagen schweigt er. Dieses Schweigen kenne ich von ihm, aber es dauert länger. Und meine Hilflosigkeit ist dabei größer geworden. Ich würde ihm gerne etwas abnehmen, sage ich zu ihm.

Und: So wie es dir jetzt vorkommt, wird es nicht immer sein, schon morgen nicht mehr, aber ich kann unter diesen Worten meine eigene Ratlosigkeit nicht verbergen. Als es zu blitzen beginnt, fahre ich zusammen. Ich will ihn dazu bringen, mit mir hineinzugehen, aber ihm fällt gar nicht auf, dass der Regen plötzlich mit einer Wucht auf unsere Köpfe trommelt. Ich bekomme Angst um ihn, als ich in sein zerfranstes Gesicht schaue. Ich ziehe ihn am Hemd zurück in die Bar. Alles ist gut, sage ich leise, weil mir nichts anderes einfällt.

Als es bei unserer Rückkehr zu unseren Zelten immer noch regnet, verziehen wir uns an den einzig trockenen Ort. Sitzen mit unseren Büchern im Waschhaus und streiten darum, wer am Heizkörper sitzen darf und wer vorlesen muss, während Pascal heute schon zum dritten Mal warm duschen geht.

Ich fühle mich für euch verantwortlich, ohne sagen zu können, woraus sich diese Verantwortlichkeit ergeben sollte. Manche von euch sind schon länger als ich auf der Welt, und ihr seid nicht weniger fähig als ich, abzuschätzen, was notwendig ist, um von keinem Felsen zu stürzen oder von keiner Schlange gebissen zu werden. Manchmal scheint mir, als wäre ich dafür verantwortlich, dass wir nun hier sind. Obwohl ich es vermeide, Orte vorzuschlagen. Ich will euch nicht danach fragen. Mir ist es lieber, wenn sich meine Vermutungen nicht bestätigen.

Tag 4

CLASTIC DIKE

Ich wache vom Knattern der Vögel auf. Es wird lauter, als würden sie sich sammeln und formieren. Zu welchem Zweck, frage ich mich, während ich reglos auf der Isomatte liege. Mein Rücken schmerzt an den Stellen, an denen er sich durch die Matte drückt. Wahrscheinlich müsste mehr Luft hinein, aber ich habe keine Lust, nach der Pumpe zu suchen. Ich spüre die Sandkörner in den Rillen der Matte. Meine Haare kleben mir unangenehm an den Wangen, und Lea hat sich in der Nacht so ausgebreitet, dass ich mit dem Gesicht direkt an der Zeltwand liege. Die Plane riecht modrig, und ich überlege, ob jemand das Zelt nach dem letzten Urlaub zum Trocknen ausgelegt hat. An meinen Fingern zähle ich ab, wie lange wir schon hier sind und wie lange wir noch bleiben werden. Ich liege lange still. Ein lauter Vogelschrei ist zu hören, es liegt eine Aufforderung darin. Alles in dieser Wildnis ist schreiend lebendig. Als wäre sie in einem ständigen Umbau begriffen, gegen den wir nichts auszurichten vermögen, als könnte uns der Sumpf jederzeit verschlingen, sich den Raum zurückholen, den wir mit unseren Zelten besetzen. Jeden Morgen erwarte ich den Wald näher an unserem Zelt, wenn ich den Reißverschluss aufziehe. Er scheint sich von mehreren

Zentren her in die Umgebung auszudehnen. Strahlt weiter in den Raum, um ihn zu formen und die Atmosphäre der Dinge zu gestalten.

Nachts hören wir ein Kratzen an der Zeltwand. Ob es die Ratten oder andere Tiere sind, können wir nicht sagen. Wir können nicht einmal sagen, von welcher Seite der Plane das Kratzen kommt, von draußen herein oder von drinnen hinaus. Nachts hören wir auch schrille Schreie, nicht weit entfernt. Brunftrufe von Wild, sagt Georg, er kenne das von der Hütte, auf die er manchmal mit Freunden fährt. Doch die Schreie lassen uns an anderes denken. Wir trauen uns nachts nicht mehr pinkeln zu gehen, weil wir keinem dieser Tiere begegnen wollen. Wobei der Schutz, den die dünne Zeltplane bietet, illusorisch ist. Da fällt mir mein Traum von letzter Nacht ein. Ich träumte, wir hätten uns auf den Angriff von etwas vorbereitet, das sich im Wald verbarg. Dass wir uns mit unzulänglichen Mitteln rüsteten und Reiskörner in unseren Händen hielten, als könnten sie uns schützen vor dem, was dort lag. Ich versuchte, die anderen zu warnen, als es schon zu spät war, als das Bedrohliche in einer schnellen Bewegung direkt neben uns erschien. Wir schlugen um uns und pressten die Reiskörner und in Essig getränkte Fetzen gegen ein Unbestimmtes, das sich in keiner materiellen Form zeigte. Nur die Säure schien zu greifen, sie verursachte ein Zischen. Da ging es zu Boden, lag still. Als wir näher herangingen, erkannte ich in der reglosen Gestalt am Boden Leas ruhige Züge. Ihre Haare lagen weich um ihr Gesicht. Wir verstanden nicht, war sie es, die uns angegriffen hatte, oder war sie es, die angegriffen worden war. Da wachte ich auf und war erschöpft wie noch nie nach einem Traum. Hastig saugte ich die Luft ein und versuchte stillzuhalten. Und bemerkte dabei, dass die Gestalt aus dem Traum nicht der Lea glich, die neben mir lag.

Die Hitze beginnt ins Zelt zu kriechen. Die Zeltwände heizen sich auf, und ich sehe den Schweiß auf Leas Stirn, die immer noch tief schläft. Als der Punkt überschritten ist, an dem es unangenehm wird, strample ich meinen Schlafsack weg und richte mich träge auf, krame in meinem Rucksack nach meinem Waschbeutel. An den cremefarbenen Waschbecken stehen Frauen verschiedenen Alters. Ich beobachte ihre Handgriffe im Spiegel, während ich die Knoten aus meinen Haaren frisiere. Ein junges Mädchen trägt mit einem dünnen Schwamm Puder auf ihre Stirn auf, während es auf einem Ohr Musik hört. Einmal reißt es dabei das Kabel aus dem Smartphone, sodass im ganzen Raum widerhallt, was sie zuvor nur für sich gehört hat. Eine Frau zieht sich das Oberteil aus und wäscht sich die Achseln mit Wasser aus, wobei es auf die Fliesen tropft, während ihr Kind die Wasserhähne an mehreren Becken auf- und wieder abdreht. Ihre Haut ist stark gebräunt, nur am Busen ist sie ganz hell. Eine ältere Frau putzt sich die Zähne, es schäumt weiß aus ihrem Mund. Eine junge neben ihr bindet sich die langen Haare zusammen, dann trägt sie Cremen auf, verschiedene für den Körper, das Gesicht und den Bereich unter den Augen. Eine andere holt ein Ding aus gebogenem Draht aus ihrer Toilettetasche und schabt sich mit einer metallenen Schlaufe sanft den Belag von der Zunge. Obwohl meine Haare kurz sind, verfilzen sie vom Wind und vom Meerwasser, und als ich an den Knoten reiße, fällt mir ein, wie Amira, die ein paar Jahre älter ist als ich, mich früher manchmal frisiert hat. Sie hat mir dabei komplizierte Geschichten erzählt, damit ich stillhalte, und mir die feinen Haare, die damals noch lang waren, dann zu einem Zopf geflochten, damit sie sich nicht gleich wieder verfangen. Trotzdem habe ich mir den Haargummi meistens schnell aus den Haaren gezogen und den Zopf aufgelöst. Auch jetzt binde ich mir die Haare nach dem Frisieren nicht zusammen, schiebe sie nur hinter die Ohren. Ich betrachte die vielen schönen Frauen in dieser Reihe aus Waschbecken, beobachte die vielen Bewegungen und Gesten, mit denen sie etwas an ihren Körpern verrichten. Manche davon vielleicht gerne, andere davon aus einem angelernten Pflichtgefühl heraus, während die meisten Männer nur für kurze Zeit im Waschhaus verschwinden. Im Vorbeigehen sehe ich eine leere Reihe Waschbecken.

Ob sie sich noch an die Listen erinnern können, die wir früher geführt haben, will ich von Amira, Lea und Ali wissen, als ich zum Zeltplatz zurückkomme, wo die anderen beim Frühstück sitzen. In denen wir notiert haben, was wir an unseren Körpern nicht mögen und uns anders wünschen würden. Die Listen waren lang, und neben Körperteilen wie Oberschenkel, Bauch, Kinn oder Nase stand da, was uns an der Form und Oberflächenbeschaffenheit nicht gefällt. Die Ausbuchtung am Kinn, die Art der Poren, die Nachlässigkeit der Haut, der Winkel der Nase, der Abstand zwischen den Zehen, die Bögen der Augenbrauen, die Anordnung der Muttermale, Farbe und Menge der Haare, die Struktur der Beine, die Form der Nägel, der Stand der Zähne, die Beschaffenheit der Haut, der Brüste, der Lippen usw. Sie finde inzwischen eigentlich alle Körper schön, sagt Amira, auch ihren eigenen, aber dass es immer noch schwer zu ertragen sei, dass sich das gesellschaftliche Bild einer Frau weiterhin aus Attributen wie Sanftheit, Fürsorglichkeit, Treue, Schönheit, Einfühlsamkeit und Warmherzigkeit zusammensetze.

Wir haben uns oft benommen, als wäre der Körper nur ein Hindernis und nicht das Werkzeug, mit dem wir uns in der Welt bewegen, die Membran, durch die wir sie erleben. Die Sperrigkeit und Unzulänglichkeit unserer Körper fanden wir so störend wie das Nachdenken darüber, zu dem wir ständig zurückkehrten. Erinnert ihr euch, wie wir versucht haben, ein Sprechen über unsere Körper zu vermeiden, weil wir es nur peinlich fanden, wie sehr andere sich mit ihren Körpern und ihrer Fremdwahrnehmung befassten. Obwohl wir uns insgeheim ständig fragten, welches Bild wir abgaben. Wenn wir doch einmal über unsere Körper sprachen, dann mit einer Gnadenlosigkeit. Erst jetzt beginnen wir, beiläufig über unsere Körper zu sprechen. Wir bemühen uns, die Gegebenheiten unserer Körper auf neutrale Weise einzubeziehen.

Sie habe mit ihrem Vater kaum je über Körperliches gesprochen, erzählt Amira. Aber eine Frau solle rein sein, das habe sie von ihm gelernt, und dass dies nur möglich sei, wenn sie sich von Jungen fernhielte, sodass sie sich häufig schmutzig fühlte, nachdem sie heimlich mit einem Jungen geschmust hatte. Sie dachte darüber nach, dass Jungen im Umkehrschluss unrein sein müssten. Amira wunderte sich über ihren ersten Freund, der beim Sex Augenkontakt vermied. Als sie ihn danach fragte, erklärte er ihr, das komme daher, dass der Mensch in diesen Momenten ein Tier sei. Amira erzählt uns, dass sie dachte, Sex sei etwas, das Männer wollen und Frauen geben oder verweigern. Wenn Männer Frauen unrein machen, dachte Amira, müsse es der Schmutz an den Männern sein, der auf die Frauen übergeht, weshalb sie eine Weile keinen Mann mehr berühren wollte und nur noch Frauen küsste.

Wenn sie als Kind bei Freundinnen übernachtet habe, sagt Lea, habe ihre Mutter sie vor deren Vätern gewarnt und etwas anzudeuten versucht, von dem sie, Lea, noch nichts wusste. Aber aus der Art, wie sie es getan habe, sei hervorgegangen, dass die Mutter selbst etwas erfahren hatte, worüber sie nicht sprechen wollte. Lea habe dann bei diesen Übernachtungen eine unbestimmte Angst gehabt, ohne zu wissen, wovor. Ob die Mutter auch Georg manchmal gewarnt habe, will Lea von ihrem Bruder wissen, und dieser verneint.

Wir fahren die Küste hinauf Richtung Norden, wo der Apennin steil aufragt und jemand das weiße Gestein von Carrara vermutet. Den Hund, der beim Zusammenpacken unter dem Tisch herumschlich, haben wir mitgenommen. Zwischen Pascal und mir sitzt er auf der Rückbank und lässt sich das zottige Fell kraulen. Carrara, da fällt mir der weiße Steinblock im Garten meiner Eltern ein, den der Vater von hier mitgenommen hat. Er wollte daraus irgendwann eine Säule machen, aber in der Zwischenzeit haben wir ihn als Sitzgelegenheit beim Grillen verwendet, bis das seine Funktion wurde. Die Berge hier flößen mir mehr Respekt ein als die zu Hause, obwohl sie diesen ähnlich sind. Ich stelle mir die Berge hier bei einem Beben vor. Wie es unter ihnen zu vibrieren beginnt und die Steinmassen in Bewegung geraten, sich ineinander verschieben und uns, als Durchfahrende, in einem Tunnel begraben. Oder die hohen Pfeiler der Aquädukte einbrechen, sodass wir in die Tiefe stürzen. Ali dagegen versetzen die Berge in eine freudige

Aufregung. Dass sie letztes Jahr mit Freunden zum Klettern hier gewesen sei, erzählt sie uns. Sie wäre gerne Höhlenforscherin, denn in die verzweigten Höhlensysteme dürfe sie nicht hinein, nur manche der kleineren habe sie schon erklettert. Immer wenn sie dabei auf Forschende trifft, befragt sie diese, was sie gerade erkunden. Einmal, erzählt Ali, hätten sie bei einem Höhleneingang Rucksäcke liegen sehen, die anzeigten, dass gerade jemand in der Höhle war. Sie vertauschten den linken mit dem rechten Wanderrucksack, damit die Forschenden beim Verlassen der Höhle wüssten, jemand sei hier gewesen. Vorausgesetzt, sie würden sich daran erinnern, wie sie ihre Rucksäcke haben liegen lassen, wenn sie es wieder rausschafften, natürlich. Manchmal, sagt Ali, verschwindet auch jemand in diesen Höhlen, aber diese beiden kamen wieder. Am Rückweg sahen wir sie beim Jausnen vor dem Höhleneingang sitzen, und wir setzten uns zu ihnen. Wir wollten wissen, was dran sei an den Geschichten vom Zeitkorridor, der angeblich hinter der nächsten Wand verläuft. Es gibt Berichte von Kletternden, die dort Stunden und Tage verloren hätten. Wie einer an einem Tag Mitte August losging, und als er zurück ins Tal kam, war es schon September. Die Höhlenforscher meinten, sie könnten nur von dem Zeitverlust berichten, den sie täglich in den Höhlen erleben würden. Je tiefer sie hineinsteigen in das Dunkel, desto weniger Gefühl haben sie für das Vergehen der Zeit, sodass sie bald nicht mehr wissen, waren es Stunden oder Tage. Wäre da nicht der Hunger. Ali sagt, wie auch sie jetzt manchmal den Eindruck habe, die Zeit vergehe anders, wenn sie am Berg ist. Es sind nur kleine Zeitsprünge, gerade so, dass man es bemerkt. Sie kommt nach Hause und meint, es müsste fünf sein, dabei ist es schon fast sieben.

Ich stelle mir vor, wie Ali beim Heimkommen nach Abweichungen vom Erwartbaren sucht. Wie sie vom Berg zurückkommt und den Schlüssel in ihr Schloss stecken will, doch ihre Wohnung nicht mehr ihre Wohnung ist. Und die Menschen, die sie einmal kannte, alle nicht mehr sind.

Was es bei uns Neues gibt, übertönt Ali das Radio. Es ist diese Art zu fragen, die ich auch von Amira kenne, die mich verstummen lässt. Die Frage soll ein Gespräch einleiten, das mir einstudiert erscheint, so oft haben wir es schon durchgespielt. Ich weiß, es steckt ein Interesse darin, was uns gerade beschäftigt, dennoch will ich mich trotzig nicht in Alis effektive Abläufe einfügen. Also sage ich: Erinnerst du dich daran, wie wir gemeinsam durch diese Ausstellung gegangen sind, wie du nach einem streifenden Blick auf eine der Arbeiten nach einer Erklärung an den Wänden gesucht hast, weil Erfahrungen, die sperriger sind und Zeit brauchen, die sich nicht gleich auflösen, keinen Platz in der Logik maximalen Erlebens haben. Es irritierte mich, und das habe ich dir gesagt, überzeichnet wie meistens, sodass wir in Streit gerieten. Ich verstehe nicht, wieso man einander so etwas überhaupt an den Kopf wirft, meint Ali jetzt. Menschen ändern sich ohnehin nie für andere, wenn, dann nur aus einem eigenen Bedürfnis heraus.

Weil Ali und ich in vielem unterschiedlich sind, finden wir mühelos Gründe zum Streiten, sind einander aber in unserem Konfliktverhalten so ähnlich, dass diese Streite schnell hochkochen. Früher erschien es mir sinnvoll, darüber zu sprechen. Manchmal setzten wir uns dazu auf dem Feld am Ende unserer Straße zusammen, nicht ohne dass Ali mir zu verstehen gab, sie hasse das, aber sie tue es für mich. Manchmal reichte auch ein Blick zur Versöhnung, wenn wir uns beide beruhigt hatten und der anderen ansahen, dass es ihr leidtat. Wir wussten, wenn wir das Streiten und Versöhnen einmal verlernt haben würden, würden wir weit voneinander stehen. Ali ging ohnehin immer davon aus. Sie sagte, sie sehe voraus, dass wir uns alle langsam und unbemerkt voneinander wegbewegen. Zurückbleiben würden nur nostalgisch-verzerrte Erinnerungen an früher sowie der Groll, der sich an verschiedenen Windungen ablegt und durch den man sich erst durchkratzen müsste, um vom anderen noch einmal eine ehrliche Antwort bekommen zu können. Ali sagt sowas, aber dann fällt mir ein, dass sie sich bei der nächsten Ausstellung nach dem Streit im Museum viel Zeit nahm, um jede Arbeit anzusehen. Ich zweifle daran, dass ich dazu fähig bin, mich so auf sie zuzubewegen. Dabei frage ich mich, wann wir zuletzt gestritten haben.

Wie mich diese Art zu fragen stört, weil ich sie auch an mir selbst schon bemerke. Wie meine Aufmerksamkeit immer weniger wird, wie ich mich oft nur mehr schwer auf Gespräche einlassen kann, weil mir die Zeit zum Zuhören fehlt, und wie ich mich bemühe, mir durch schnelle Fragen ein Bild zu machen. Obwohl ich weiß, dass so unmöglich ein Gespräch usw.

Ich merke, wie Pascal den Streit weiter anfachen will, weil ihm das zu lau war. Er wartet jedes Mal auf den Moment, bis es so weit ist, und wenn es zu keinem Streit kommt, stößt er selbst einen an, beobachtet dann gerne die Dynamiken, die dabei offengelegt werden. Selbst wenn er aktiv an einem Streit beteiligt ist, spricht er aus einer Position, in der er nicht wie ein Betroffener, sondern wie ein Beobachtender wirkt. Aber Ali, findest du nicht, beginnt er, doch da bleibt Lea mit dem Auto im Halbschatten am Straßenrand stehen. Wir sind da, ruft sie, alle raus hier. Der Hund kommt ihrer Aufforderung als Erster nach und versucht, das Auto über die Vordersitze zu verlassen.

Wir baden an einer felsigen Küste in der Nähe eines ehemaligen Fischerdorfs. Es liegt noch etwas abseits der Bootshäfen, von denen aus jedes Jahr Abertausende zu den denkmalgeschützten, an die Felsen gedrängten Küstendörfern aufbrechen. Durch die Felsen führt kein direkter Weg, und nicht wir entscheiden über unsere Bewegung. Wir fügen uns den Felsen, sagt Pascal und lässt es weise klingen, während er von einer rauen Oberfläche zur nächsten steigt. Wir sprechen darüber, wie das Sprechen mit jedem Menschen den Klang verändert, wie man aus einer Tonart wieder herausfindet, die einem nicht gefällt. Und wie auch wir untereinander jedem anderen gegenüber einen anderen Ton anschlagen. Wir gehen an dem schmalen Streifen zwischen Wasser und dem steil abfallenden Stein entlang. Es liegen hier nur wenige mit ihren Sachen zwischen den Felsen, die aussehen, als wären sie gerade erst herabgestürzt. Die Sonnenschirme zeigen zum Hang hin, als würden sie vor Steinschlag schützen. Am Ufer steht ein nackter Mann, der sich den prallen Bauch reibt, als er uns beobachtet. Er klettert uns in den Felsen hinterher.

Während wir auf den Salzkrusten der Felsen trocknen und auf die sichelförmige Küste hinausschauen, liest uns Georg vom Smartphone Geschichten über den Golf vor. Über Shelley, der hier ertrank, und dass Byron oder ein anderer einmal den Golf durchschwimmen wollte. Alles Männer, murrt jemand, während eine andere meint, Byron mit seinem kaputten Bein könne es nicht gewesen sein. Doch, gut möglich, sagt

Amira, Byron sei tatsächlich einer der besten Schwimmer seiner Zeit gewesen, gerade wegen seines Beins. Weil er Probleme beim Gehen hatte, habe er sich gerne schwimmend fortbewegt, das sei ohne Schmerzen möglich gewesen. Ich beobachte euch, während wir hier verstreut auf den Felsen und am Strand liegen. Pascal und Lea drehen sich auf den Bauch und zeichnen mit den Händen Muster in den Sand. Sie sprechen ruhig, ich höre nur einzelne Fetzen davon. Ich denke über das Gespräch im Auto nach, darüber, wie wir uns manchmal, wenn wir wieder zusammen sind, dagegen sträuben, uns zueinander in ein Verhältnis setzen zu müssen. Wie es uns schwerer fällt, weil wir uns einmal näher gewesen sind. Weil wir Entfernung an der Nähe bemessen, die sich bisweilen zwischen uns einstellt. Wie wir uns immer wieder abmühen, etwas von dieser Nähe herzustellen, die sich dann auch häufig wieder einstellt, wenn auch in anderer Form. Bevor wir dann über lange Zeit füreinander verschwinden. Wie es meist nur diese paar Tage am Wasser sind und dass es uns irritiert, dass unsere Verschiedenheiten mittlerweile angewachsen sind zu etwas, das sich zwischen uns legt. Sodass wir hellhörig sind für einzelne Missklänge im Sprechen der anderen, einander aburteilen auf der Grundlage der eigenen fadenscheinigen Wahrheiten, obwohl wir wissen, obwohl wir die Erfahrung gemacht haben, meistens mit Blick aufs Wasser, wie sich die Unterschiede im Gespräch überbrücken lassen, während sie im Schweigen weiter anwachsen.

Es sind eure Bilder von mir, es sind viele, und die meisten sind gutmütige, sanfte. Es sind eure Zuschreibungen, die mich lähmen, so wie euch meine lähmen, weil wir voneinander zu wissen glauben, dass wir so und so sind. So wie mich meine eigenen Zuschreibungen über mich lähmen, sodass ich mich nach anderen Bildern von mir strecke, im Versuch, die schon gefestigten Bilder wie altes Gewand abzulegen. Manchmal fühlt sich dieses Strecken an wie in Albträumen, wenn sich eine Schwere über alles legt, als wären die Beine aus Beton und dazu noch in Beton gegossen. Und manchmal wieder ist kein Strecken nötig, manchmal rutsche ich einfach in ein anderes Gewand hinein, wenn es die Situation möglich macht. Leichtfüßig bin ich dann so und anders. Manchmal auch mit euch, manchmal lasst ihr es mich sein. Und manchmal lasse auch ich euch sein.

Pascal und Amira schwimmen weit hinaus. Lea will ihnen folgen, setzt ihre Schritte behutsam, weil an den Felsen die Muscheln in dichten Trauben hängen. Dann reicht es ihr, und sie hechtet nach vorne, macht schnelle Schwimmzüge an den Kindern vorbei und hinaus ins offene Wasser jenseits der Bojen. Die Kinder hinter mir drängen näher, in suchenden Kletterbewegungen setzen sie ihre Füße auf die Steine, von einem zum nächsten, und bewegen sich auf allen Vieren über die rutschigen Oberflächen. Ich höre die Eltern Warnungen hinterherrufen. Achtung, da vorne ist eine Qualle, ruft eine, die mit verbranntem Gesicht direkt über mir am Felsen sitzt. Sie gestikuliert, ihr Rufen gilt einem Schwimmer, im Wasser sieht er nicht, dass das Tier nicht mehr als zwei Armlängen entfernt ist. Der Schwimmer versteht nicht und setzt seine Züge fort, doch das wilde Schreien der Kinder, die sich in ihrer Begeisterung tief über das Wasser beugen und mit Kescher anrücken, macht ihn misstrauisch. Er weicht zurück und ändert eine Handbreit vor der Nessel den Kurs. Die Kinder sind dem Tier, das vor den Felsen treibt, jetzt nahe. Auch ich richte mich auf, um den wabernden Körper in seiner violetten Färbung besser zu sehen, obwohl die Frau über mir alles im Detail beschreibt. Seht ihr die Tentakel, ruft sie den Kindern zu, wie viele sind es, könnt ihr sie zählen? Die Kinder melden, es seien viele. Seht mal, wie nah ich bin, ruft das Mädchen, während sie ihre Finger ausstreckt. Die Qualle bewegt sich währenddessen an den Felsen entlang. Die Kinder steigen über mich hinweg, klettern ihr am Land hinterher, navigiert durch die Rufe ihrer Mutter, und schauen dem Tier wehmütig nach, als es sich langsam vom Ufer entfernt. Die Bewegungen der Qualle sind schwerelos. Ich stelle mir vor, wie sich das Wasser für sie anfühlt, wie es für sie kein Eintauchen gibt, weil da nur Wasser und vor allem Wasser ist. Wie das Wasser nicht kälter ist als das Draußen, weil es kein Draußen gibt. Ich stelle mir vor, wie sie in der Strömung treibt. Wie sie ihren Schirm zusammenzieht und sich durch den Rückstoß beim Auffalten fortbewegt. Wie sich ihre Nesseln in der Strömung in verschiedene Richtungen auffalten, schwebend um sie kreisen. Wie sich ein kleiner Fisch im Gift der Nesseln verfängt. Sie spürt seine Bewegungen, wie sie schwächer werden. Die Bilder auf der anderen Seite des Wassers schieben sich ineinander. Die Gesichter der Kinder brechen in den Wellen. Nur wenig sickert durch. Bis ihre Hände die Wasseroberfläche durchbrechen, als sie nach der Qualle greifen. Wie sie den Fingern der Kinder ausweicht und den Bewegungen des Tauchers. Am Riff entlang treibt. Ihre Nesseln streifen über die algigen Felsen.

Lea ist inzwischen aus dem Wasser gekommen. Ohne dass ich es bemerkt habe, hat sie sich neben mich gesetzt und sich abzutrocknen begonnen. Vom Wasser aus sieht alles anders aus, sagt sie. Ich wende mich um, schaue auf die Felsformationen, die dicht hinter uns aufragen, und die Kinder, die daran entlangklettern. Ich versuche mir vorzustellen, wie sie aus einigen Metern Entfernung, vom Wasser aus, aussehen. Ob sie die Qualle gesehen habe, frage ich Lea dann, und sie fragt, welche Qualle.

Lea dreht sich auf dem Handtuch, sodass sie auf die Felsen schaut statt aufs Wasser. Sie erzählt mir, wie sie im zweiten Semester einmal gemeinsam mit den Rädern in eine Schlucht gefahren seien. Sie sollten ihre Zeichensachen mitnehmen, die Aufgabenstellung lautete, die Form zwischen den Felsen zu fassen. Der Professor hatte ihnen eine Zeichnung gezeigt, die Skizze des Negativraums zwischen den Gassen der Altstadt. Ein versetzter, abfallender Kubus, der zur Seite zu kippen schien, um an einer Stelle wieder in die Vertikale gedrängt zu werden. Für mich war das damals neu, sagt Lea, die Überlegungen zur Wirkungsweise von Objekt und Umraum, das Spiel der Skulptur mit dem Negativraum. Ich habe mir schwergetan, zu erfassen, was es ist, das zwischen den Felsen liegt, also habe ich die Gesteinsformationen zu zeichnen begonnen, die bewegt und wild in den Raum hineinragten, zu beiden Seiten, ohne mich im Detail zu verlieren, um dann auf einem zweiten Blatt umgekehrt den Raum zwischen den Felsen zu notieren. Sie sei nie eine besonders gute Zeichnerin gewesen, meint Lea, und bevor ich widersprechen kann, sagt sie, der Professor habe ihr das nachgesehen, weil er mit ihren Plastiken und Objekten zufrieden gewesen sei. Trotzdem verlangte er immer wieder, dass sie mehr zeichnen sollte, eine Bildhauerin müsse zeichnen können, um zu verstehen. Er sei auch der Meinung, Plastiken dürften keine Farbe enthalten, damit nichts ablenken könne von der Form. Ein Liebhaber der Form in der formlosesten aller Zeiten. Während ich also versuchte, in leichten Strichen die Markierungen des Zwischenraums abzustecken, beobachtete ich, wie der Professor trotz seines Alters leichtfüßig zwischen den Felsen herumsprang und dann ein Stück hinaufkletterte. Eine ausgezehrte Gestalt, sicher in ihren Bewegungen, um von oben einen Blick auf die geforderte Form zu bekommen. Seine Stirn lag in Falten, der Kopf schief, während er studierte, was wir nur schwer erfassen konnten. Die Blätter, die ich schließlich abgab, waren mittelmäßig, das wusste ich, und ich schnitt kein Semester so schlecht ab wie im zweiten, das zur Gänze dem Negativraum gewidmet war.

Ich vermisse die Arbeit mit dem Material, sage ich zu Lea, ihr dagegen fehle die Arbeit mit Menschen, sagt sie. Manchmal sei sie einsam, im Atelier, umgeben nur von ihren Dingen. Lea und ich haben gleichzeitig zu studieren begonnen, sie Bildhauerei und ich Bühnenbild. Lea baute an Objekten, die für sich selbst stehen, während ich an Objekten baute, die etwas sichtbar machen sollten. Mir gefiel die Arbeit mit dem Material, die Übersetzung vom Entwurf in ein Modell. Ich experimentierte mit Textilien und dem Färben und Bleichen von Stoffen, arbeitete an fragilen Konstruktionen. Auch die Übersetzung von Text in visuelle Entsprechungen gefiel mir, obwohl ich merkte, dass ich ein Bühnenbild oft langweilig fand, wenn es nur in ein Bild übertrug, was der Text behauptete. Spannender erschienen mir Bühnenbilder, die etwas anderes, davon Abweichendes erzählten, eine materialisierte Gegenerzählung zeigten, und es waren solche Bühnenbilder, an denen ich mitarbeiten wollte. Doch dazu kam es nicht mehr. Während Lea ihr Studium abschloss und an ersten Gruppenausstellungen teilnahm, wechselte ich im dritten Jahr den Studiengang und bewarb mich für Soziale Arbeit. Während ich aufs Wasser schaue und die Kinder dabei beobachte, wie sie in einem Plastikkübel Muscheln sammeln, frage ich mich, ob mich das, was mich damals gestört hat, auch heute noch stören würde. Die Hierarchien, die Rhetorik, das Konkurrieren. Ich spiele in meinem Kopf durch, wie es wäre, würde ich das Studium wieder aufnehmen und meine alten Entwürfe aus den Kartonmappen im Schrank kramen. Meine Zeichensachen und die Werkzeuge zusammensammeln. Ich stelle mir vor, wieder in die Werkstätten zu gehen, in denen ich seit vielen Jahren nicht mehr war, mir einen Arbeitsplatz zwischen den anderen einzurichten. Papier als Werkstoff sein zu lassen und mich anderen Materialien zuzuwenden, organischen vielleicht. Ich streiche mit den Fingern über die spröde Oberfläche eines Felsen und versuche, mich an die Werkzeuge zur Steinbearbeitung zu erinnern. Ich könnte endlich auch schweißen lernen und Eisenkonstruktionen bauen. Und ich denke mir meine Arbeit in den Werkstätten und am Theater in schöneren Farben, als der Alltag hat, in den ich nach dieser Reise zurückkehren werde.

Dann aber: Wie Lea sich oft abmüht, wenn sie eine Einreichung nach der anderen schreibt. Wie oft sie zweifelt, an der Qualität ihrer Arbeiten und an ihrer

Tätigkeit als solcher. Dass sie ihre Arbeiten nicht verkaufen möchte, aber ebenso wenig von Stipendien leben kann. Wie sie sich um Ausstellungen bemüht und für Arbeitsaufenthalte in abgelegene Gegenden fährt, wo sich die Einheimischen wundern, was sie hier will. Ein künstlerischer Beruf ist wie jeder andere Beruf, sagt Lea, und sollte auch wie ein solcher bezahlt werden, damit man sich nicht in einer Situation wiederfinde, in der kein Arbeiten mehr möglich ist. Künstlerische Arbeit sei wie jede andere Arbeit, sie sei ebenso vergiftet von den Gegebenheiten des Marktes, sei mit viel Bürokratie und Mühen verbunden. Aber natürlich sei sie sich auch des Privilegs bewusst, etwas tun zu können, was sie gerne tut und das Sichtbarkeit erhält. Dennoch: Zentral sei für sie, am Diskurs teilzunehmen, und zwar in dem Bewusstsein, dass jede Äußerung die Äußerung von vielen ist. Formen würden einem nicht zufallen, nicht ohne Verbindung zu jedem anderen in einen einfallen. Ihre Arbeit bestehe vielmehr im Weiterschreiben, nicht im Neuerfinden. Sie spricht von einer Plastik, die sie im ersten Jahr gemacht habe, als sie noch nicht ahnen konnte, welche Formen es sind, die sie interessieren. Ein fragiles Gebilde aus Papier und Draht, wie drei ausgehöhlte und vertrocknete Orangenschalen, die an ihren Rücken zusammenkleben. Während er das Ding in seinen Händen drehte, sagte der Professor, er wäre nicht dazu imstande, eine Plastik zu machen, die auf solche Art organisch ist. Weil er keine Frau sei, war der leise

Nachsatz, den er nicht aussprach. Sie habe seine Prämisse von weiblichen und männlichen Formen damals wortlos akzeptiert, heute lege sie sich in ihr quer.

Lea hat die Augen geschlossen. Ich stelle mir vor, wie sich ihr Körper entspannt, während ihr Denken nicht aussetzt. Wie sich zwischen dem einen und dem anderen Räume auftun, nach denen Lea nicht greifen kann. Wie sie zu erahnen versucht, wie weit die eine Wand von der anderen entfernt ist, was es ist, das dazwischen liegt. Wie sie sich zur Ruhe ermahnt, versucht, sich gegenüber geduldig zu sein, wie sie es allem gegenüber zu sein versucht, das zwischen dem einen und dem anderen liegt. Wie sie versucht, die Dinge von allen Seiten anzuschauen, wie Objekte, die sich erst in der Summe der Ansichten rendern. Dass es zu viel ist, dass die verschiedenen Ansichten miteinander kollidieren. Sie ermahnt sich zur Geduld. Du kennst das schon, sagt sie sich. Du kennst das schon von dir, wenn du alles, was dort liegt, auf dich beziehst und dich verunsichern lässt von allem, was zwischen hier und dort ist. Sie kann nicht verhindern, wie manches davon näherkommt, wie es sich ablagert an verschiedenen Stellen ihres Körpers. Wie es zweifelnd an ihr nagt, als sie versucht, es wegzuwischen. Wie sie weiß, dass sie es nur loslassen müsste, sich dabei aber umso fester daran klammert, daran zerrt und versucht, das Ding von allen Seiten, wie sie wieder versucht, es von allen Seiten usw., und was es ist, dass es an ihr festhängt. Woraus es entstanden ist und wieso es sich in ihr verkrallt hat. Ob es sie einmal loslassen wird oder ob sie es zuvor loslassen kann. Sie versucht, sich dabei an die Momente zu erinnern, in denen sie es zurückgelegt hat, in alles, was zwischen hier und dort ist, um es in Ruhe sein zu lassen. Wie sich die Gedanken in ihr wiederholen und dabei leiser werden. Wie sie einschläft.

Ich stehe auf, um nicht auch einzuschlafen. Klettere am Ufer entlang, schaue mir die mit Sedimenten gefüllten Spalten an, die an manchen Stellen tief in den Felsen hineinreichen, stelle mir vor, diese zeichnen zu müssen so wie Lea den unsichtbaren Raum. An der Oberfläche sind diese Spalten als kleine Marker sichtbar, aber es lässt sich nicht erkennen, wie weit sie sich nach unten erstrecken. Viele der Felsen sind weggebrochen und liegen jetzt in einer zufälligen Anordnung als Inseln im Wasser, sodass sich an den offenen Bruchstellen die alten Formationen erahnen lassen, die weit hineinreichen in andere Zeiten und tief zurückschauen lassen. In den Zeichnungen auf den Felsen überlagern sich die Zeiten, es herrscht Gleichzeitigkeit, obwohl manche der Ablagerungen viele tausend Jahre alt sind und manche Kratzer vielleicht gestern erst durch einen Sonnenschirm entstanden sind. Zwischen den Felsen verlaufen schmale Sandstreifen, deren oberste Schicht fest ist. Wenn ich darüber gehe, bricht der Sand unter meinen Füßen wie eine dünne Kruste, bevor ich in das Weiche darunter einsinke. Ich fahre mit meinen Zehen die feinen Linien nach, die als Adern durch die Sanddecke verlaufen, in einem fragilen Netz, das einer Logik folgt, die sich von der unserer Bewegungen unterscheidet. An einer Stelle sammeln sich Zweige unter einer dünnen Decke im Sand, die sie nur an manchen Stellen durchbrechen. Sie liegen in einer Formation da, die mit ihren Wirbeln und Verläufen nach einem Skelett aussieht. Wie die Überreste eines großen Wassertiers, das hier gestrandet ist, vor langer Zeit. Ein Tier, von dem es keine Bilder gibt, nur mehr diese Rückstände, anhand derer sich sein Aussehen rekonstruieren lässt.

Die Landschaft hier erinnert mich an das antike Nilmosaik, das ich letztes Jahr in Palestrina gesehen habe. An die weite Flusslandschaft, in der die Felsen vorgelagert wie Inseln im Wasser liegen. Das Wasser ist in grauen und blauen Linien aus vielen kleinen Steinchen dargestellt, die bewegt ineinanderfließen, und die Schattierungen an den Felsen zeigen Farbverläufe, die vom Lichteinfall erzählen. Im Wasser und auf den Felsen lauern Tiere, die niemand damals in dieser Gegend mit eigenen Augen gesehen haben konnte. Das Wissen über ihr Aussehen muss ihnen auf langen Wegen zugetragen worden sein, und was sie nicht wussten, malten sie sich aus, sodass sich mythische Wesen unter reale mischen und Löwenkörper Menschengesichter tragen. Ich sehe die Landschaft hier jetzt ebenso belebt. Ein

Affe hantelt sich an einem Stein entlang, Wildschweine mit langen Rüsseln verstecken sich im Schilf, in den Wassertümpeln lauern jagende Tiere, ein Rhinozeros schreit von einem Felsen, eine Python umschlingt einen Vogel und schlägt ihre langen Zähne in seinen Körper, zwei Hyänen entreißen einander im Kampf die Beute, riesige Schildkröten kommen aus dem Wasser, und einem Otter hängen zwei Fische aus dem Maul, einer nach rechts und einer nach links. Dazwischen in einer Barke, von deren geflochtener Decke prall die Weintrauben hängen, Gäste in warmer Umarmung neben Musikern mit ihren Saiteninstrumenten. An anderer Stelle Priesterinnen und Priester in fließenden Gewändern, Riten ausführend. Einer teilt den anderen mit einer Geste den Wasserstand mit, den er an einer Messvorrichtung abliest. Neben ihm stürzt ein Vogel auf die Wasseroberfläche. Zwischen den Wasserpflanzen und Gräsern rudern Einzelne in Barken. Männer stechen mit langen Speeren auf ein Flusspferd ein, das sich zwischen den Gräsern versteckt, das eine Auge, in der Seitenansicht, ist weit aufgerissen. Soldaten feiern. Unter einem schmalen Atrium bewegen sich mehrere in einer Prozession, während sich andere mit Schildern gegen Eidechsen wehren, die aus dem Wasser gekrochen kommen. Sie haben die Größe von Löwen, die herausgestreckten Zungen sind länger als die Schilde, die ihnen entgegengehalten werden. Alles in diesem Bild, das sich mir als Ganzes eingeprägt hat, findet gleichzeitig statt. Erst jetzt, als ich mich wieder an die Details erinnere, fällt mir auf, dass die Tiere vor allem als Jagende oder Gejagte dargestellt sind, nicht aber als Rastende, Liebende, Kümmernde oder Spielende.

Ich setze mich in den warmen Sand und grabe meine Füße in die kühlere Schicht darunter. Da bemerke ich nicht weit entfernt eine Frau auf einem Handtuch in der Sonne. Sie trägt eine Sonnenbrille und einen Hut und liegt auf eine Weise da, als würde sie eine Szene aus einem Film nachstellen. Sie bemerkt mich ihrerseits und spricht mich an, ob wir von hier seien. Ich schüttle den Kopf und erzähle von unseren Zelten unter den Pinien. Sie sei hier auf Urlaub, nur für ein paar Tage, zur Erholung. Sie habe sich ein Zimmer in dem Hotel dort genommen, wobei sie mit der Hand eine Geste in Richtung des Ortes macht. Sie habe einen sehr anstrengenden Job, sagt sie und schiebt sich dabei den Hut zurecht. Aber ich liebe meinen Beruf, ich wusste immer, dass er perfekt für mich ist, dafür bin ich gemacht. Sie zieht sich die Sonnenbrille aus dem Gesicht, ihre Augen sind hell und stechend. Ich bin ehrgeizig, das weiß ich, und das ist etwas Gutes. Bist du ehrgeizig, will sie von mir wissen und starrt mir direkt in die Augen. Ich schaue in ihr geschminktes Gesicht, auf ihren beigen Hut und sage, ich sei mir nicht sicher, was ihr genügt, um fortzufahren: Und dann bieten sie mir endlich diese Stelle an, und kurz darauf erfahre ich, dass ich Brustkrebs habe. Sie zeigt mit dem ausgestreckten Zeigefinger auf ihre linke Brust. Hier, sagt sie, und hier, und fährt mit dem Finger die Achsel entlang, und mittlerweile auch hier und hier, wandert mit dem Finger an ihrem Badeanzug hinunter. Ich schaue weiter auf die Frau vor mir, der nichts davon anzumerken ist, dass ihr Körper von innen schon ganz zersetzt sein muss, und frage mich, wovon sie noch zusammengehalten wird. Ich wollte zuerst ablehnen, erzählt sie weiter, aber mein Mann hat gemeint, jetzt hast du so lange darauf gewartet, jetzt machst du das, und da hatte er recht. Weil, weißt du was, fragt sie mit aufgerissenen Augen: Ich scheiße auf alles, darum bin ich so gut in meinem Job. Ich mache nur, worauf ich Lust habe, ich habe nichts zu verlieren, und wenn sie mich kündigen wollen, sollen sie! Als Kampfruf, dann leiser: Operieren bringt nichts mehr, aber ich habe diese Salbe. Und sie erzählt mir mit gedämpfter Stimme, dass sie sich jeden Abend an den betroffenen Stellen mit schwarzer Salbe einschmiert, die ihr dann über Nacht unter höllischen Schmerzen die Geschwüre herauszieht. Die dann morgens wie Blumen von der Haut zu pflücken sind und offene Wunden zurücklassen.

Als ich ins Wasser gehe, sind die anderen schon wieder am Ufer. Beim Hineingehen das Gefühl, dass einem der Sand unter den Füßen weggezogen wird, wenn sich die Wellen wieder zurückziehen. Ich schwimme allein hinaus, gegen die hohen Wellen an, konzentriert auf die Bewegung, immer so lange, bis mir auffällt, wie weit es mich schon hinausgespült hat. Sodass ich zu den Felsen zurückschwimme, um dann wieder ein Stück hinauszuschwimmen. Während ich ein letztes Mal hinausschwimme und dabei immer wieder bis zum Kinn unter eine Welle tauche, werde ich das Bild von den dunklen Blumen nicht los und stelle mir vor, wie der Großvater über und über mit Gewächsen übersät ist, die sich lösen. Zurück bleibt nichts als Wunde.

Als ich aus dem Wasser komme, steht ihr unweit von unserem Lager am Ufer. Ihr beugt euch über etwas, das aus der Entfernung wie ein Fels aussieht. Amira hält das Kind fest. Beim Näherkommen schlägt mir ein fauliger Geruch entgegen, und ich erkenne, dass es eine angespülte Schildkröte ist, die ihr anschaut. Sie ist so groß, als wäre sie aus dem Nilmosaik hier angeschwemmt worden. Ihre Augen sind geschlossen, der Panzer ist an einer Stelle aufgerissen, darunter fault es. Wie alt sie gewesen sein mag, fragen wir uns, und wie sie gestorben ist, während wir weiter die Reste dieser Schildkröte anschauen, die hier wie ein Fremdkörper liegen. Nicht weit entfernt die Badenden auf ihren Handtüchern in der Sonne, als hätten sie nichts von der Verwesung bemerkt. Als würde sie der Geruch nicht stören.

Als wir uns wieder auf unsere Handtücher legen, erzähle ich euch, dass ich jetzt manchmal, wenn mir ein neues Paar Schuhe gefällt, ein paar Tage nach dem

Kauf noch einmal ins Geschäft gehe und ein gleiches Paar Schuhe kaufe. So auch mit dieser Hose, sage ich und zeige auf das Kleidungsstück, das zusammengeknüllt neben meiner Tasche liegt und dessen Schnitt mich so überzeugt hat, dass ich sie mir in einer anderen Farbe am selben Tag noch nachgekauft habe. Schon kurz darauf, sobald ich das Gekaufte liebgewonnen habe, beginne ich an die Risse und Löcher zu denken, an die abgewetzten Stellen und die durchgelatschten Sohlen. An den Moment, wenn es nicht mehr zu tragen sein wird und ich davon lassen muss. Also sehe ich mich schnell nach einem Backup um, um gegen die Abnützung durch die Zeit abgesichert zu sein. Was mich belastet: dass es mit Bedeutsamerem nicht ebenso möglich ist. Ob ich die zwei Paar Schuhe dann abwechselnd trage, will Georg wissen, und ich verneine. Sobald das eine Paar kaputt ist, habe ich an der unbenützten Sicherungskopie das Interesse verloren.

Die Kleidung des Kindes nützt sich schnell ab, manchmal müssen wir sie mehrmals am Tag wechseln. Wir ziehen dem Kind Jogginghosen, lange kleiderartige Gewänder, einen zitronenfarbenen Rock und weite Stoffhosen an. Wir frisieren die Haare und fixieren sie mit einer Spange. Das Kind kann noch nichts entscheiden, also ziehen wir es an wie eine Puppe. Wir verkleiden es, wie es uns gefällt. Es ist unser aller Kind, sagt Amira.

Auf dem Rückweg besuchen wir Noah, den Ali in Frankreich kennengelernt hat und der im Sommer auf einer Baustelle mithilft. Sein Vater habe hier an der Küste ein kleines Grundstück in Steillage gekauft, erzählt Ali, dort wollen sie jetzt ein Cabanon bauen, so wie das von Le Corbusier an der Küste Südfrankreichs. Genauso reduziert und spartanisch soll es sein, ein bescheidener Rückzugsort oberhalb des Meeres. Dass das Cabanon von Le Corbusier in Wahrheit so bescheiden nicht war, sage ich, dass es durch eine Tür mit dem Haus der Grundbesitzer verbunden war, durch die Monsieur zum Frühstücken in den Gastraum des schönen Hauses hinüberkonnte, wo ihn schon der heiße Kaffee und das frische Croissant erwartet haben, sage ich. Auch wir hatten ein Cabanon im Garten, aber ich erinnere mich nur mehr anhand einer Analogaufnahme daran, die zu Hause auf meiner Pinnwand hängt. Sie sieht in der frontalen, symmetrischen Einstellung nach Architekturfotografie aus. Der architektonische Anspruch ist der kleinen Gartenhütte anzusehen, die Formsprache lässt erkennen, dass mein Vater sich mit Scarpas Tomba Brion befasst hat. Die Aufnahme wurde im Winter gemacht, die Umgebung tritt in Weiß und Grau zurück. Obwohl mein Vater zu der Zeit sonst häufig mit Beton oder Stahl gearbeitet hat, verwendete er für die Hütte fast ausschließlich dunkel gebeiztes Holz. Es gab zwei Türen, die nebeneinandergesetzt waren und zu einer Doppeltür wurden, deren Flügel in entgegengesetzte Richtungen aufzufalten waren. Das erweckte bei mir den Eindruck, als würde man durch diese Türen in zwei unterschiedliche Räume in dem kleinen Bau eintreten können, obwohl man durch beide in denselben Innenraum gelangte. Der Bau hat über die Jahre mehrmals seine Funktion geändert. War er zunächst als Studio gedacht und auch als solches genutzt worden, wurde er mit dem Einzug der Ziegen zu deren Stall und zum Zentrum einer kleinen eingezäunten Weide im Garten. Es sah elegant aus, wenn die Ziegen durch eine der Türen aus dem Bau herausstiegen. Nach den Ziegen wurde die Hütte kurze Zeit von uns Kindern genutzt und zu einem Salon, der als Kulisse für unsere Kurzfilme herhalten musste. Danach war der Bau noch ein Hühnerstall. Das Holz wurde morsch, die Tiere hinterließen ihre Spuren, und mit den Hühnern zog unbemerkt auch ein Rudel Ratten in die Gartenhütte ein. Sie hatten in dem Dämmmaterial der Wände ein vielschichtiges und untertunneltes Konstrukt errichtet, das mein Vater als Rattenhochhaus beschrieb, nachdem er aufgrund eines Verdachts die Wand abgetragen und in die erschreckten Gesichter von Ratten geblickt hatte, die, nicht ans Tageslicht gewöhnt, ihn anstarrten, so wie er sie anstarrte, bevor sie sich eilig in alle Richtungen davonmachten. Weil mit ihrer Rückkehr zu rechnen war, fand die Gartenhütte ihr Ende. Sie wurde vom Vater wieder niedergerissen und das Holz in einem großen Lagerfeuer verbrannt.

Noah und sein Vater sind im Haus des Nachbarn untergekommen, der verreist ist. Noah lädt uns ein, über Nacht zu bleiben. Weil es schon spät ist und niemand Lust hat, zwei weitere Stunden im Auto zu verbringen, nisten auch wir uns in dem großen Haus ein. Während Noah, Pascal und Ali nach dem Essen noch auf der Terrasse sitzen, wäscht Amira das Kind. Georg liegt am Sofa und schaut in sein Smartphone, der Hund schläft am Boden neben ihm. Er ist den ganzen Abend unruhig durch das Haus geschlichen und hat sich jetzt endlich hingelegt. Wir hätten ihn nicht mitnehmen sollen, sagt Lea. Sie hat sich in einem großen Korbsessel eingerichtet, zusammengerollt liest sie. Ich wische mir Alis Nagellack von den Fingern, Georg wird schlecht von dem ätzenden Geruch des Entferners, den ich im Bad gefunden habe. Er verzieht das Gesicht, leidend. Ich wische weiter an der zweiten, hellen Schicht herum, die sich über die darunterliegende dunkle gelegt hat. Beide Schichten sind mir missglückt, weil mir im Lackieren die Übung fehlt, ich mir die Nägel zuletzt als Kind bunt angestrichen habe. An manchen Stellen habe ich die Haut an den Rändern erwischt, dann wieder war ich zu ungeduldig, um zu warten, bis der Lack trocknet, sodass sich die Farbe jetzt an manchen Stellen zusammenschiebt, wie Steinmassen an einer tektonischen Plattengrenze. Pascal kommt von draußen herein und fragt, ob ich ihm die Nägel lackiere. Ich warne ihn, dass ich es nicht gut kann, aber er meint, es sei in Ordnung, und streckt mir seine Hände entgegen. Unter seinen Nägeln hat sich der Sand vom Campingplatz in dunklen Rändern gesammelt.

Später, als Noah einen Spaziergang mit dem Hund unternimmt, schlafen Ali und Pascal im Halbdunkel des Wohnzimmers ein, nachdem sie noch zwei Weinflaschen zu dritt geleert haben. Pascal hat die Beine angezogen, seine Lider flackern, wenn sich ihm hinter geschlossenen Augen ein neues Bild zeigt. Niemand hat ein Licht angemacht, obwohl es inzwischen dunkel geworden ist, aber durch die offenen Türen und Fenster schiebt sich immer noch so viel warme Luft in das Haus, dass keiner nach Licht fragt. Nur auf der Terrasse, wo Gläser und Käseränder wie ein Stillleben am Tisch zurückgeblieben sind, brennt eine Mückenkerze. Amira versucht, das Kind zum Schlafen zu bringen. Immer wieder ist unwilliges Schreien zu hören.

Noahs Vater sitzt am Tisch und schaut auf die Hügel hinunter. Während er sich bückt, um mit beiden Händen ein trockenes Büschel aus der Erde zu reißen, bemerkt er mich. Was ich hier besonders mag, sagt er, sind die scheinbar facettenarmen Gewächse. Wenn man ankommt, denkt man zuerst, das ist alles nichts oder von mir aus alles das Gleiche, ist es nicht so? Ich bemerke, dass die Frage eine rhetorische ist, und lasse ihn weiter über die Variationen der Flora reden, und er erzählt mir von verschiedenen Pflanzenarten, deren Schönheit, von ihrer Nützlichkeit abgesehen, erstaunlich sei. Aber, und sein Blick franst aus, an mir vorbei auf das Environment um uns herum, es ist eine Ästhetik, die sich nicht sofort erschließt, sich dem Ankommenden niemals ganz erschließt, außer, und der Fokus kehrt zu mir zurück, man hat den Blick schon zuvor eingeübt. Man muss die Augen erst langsam daran gewöhnen, und dann ist da, an der Stelle, wo man davor nur trockene Ebene und Farb- und Formarmut erkennen konnte, wie bei einem Kippbild plötzlich eine Varianz, die man nicht für möglich gehalten hätte, eine großartige Schönheit. Wobei, bei manchen habe er beobachten müssen, bei manchen kippt es nie, und er nickt mir zu.

Ich tauche meine Hände in die Weintrauben am Tisch. Jemand muss sie vor kurzem in dem Garten hinterm Haus geerntet und hier zum Trocknen aufgelegt haben. Ich befühle die Trauben einzeln und spüre sie in ihrer Menge. Obwohl manche der Trauben zu lecken beginnen und klebrige Flüssigkeit an meinen Fingern haften bleibt, vergrabe ich meine Hände weiter in den Rispen. Ich erinnere mich an den Großvater im Garten. Der Großvater zwischen den Bäumen, die sich nach ihm strecken. An seinem Blick war nicht abzulesen, ob er eine der Pflanzen ansah, deren Namen ich nicht kenne, oder ob sein Blick nach innen ging, in den Raum, der ihm noch blieb. Weil sich das Außen, von dem er durch einen grauen Schleier nur mehr Schemen erahnen kann, nur mehr ein Bruchteil der Geräusche gedämpft an sein Ohr dringen, von ihm zurückzieht. Ich stelle mir vor, was er sieht, wenn er seinen Blick nach innen lenkt, und denke daran, dass ich erst wenige Male über mehrere Stunden Schmerz ertragen musste. Wie sich das Denken auf diesen Schmerz und das Umgehen dieses Schmerzes richtet, weil man anderes dann nicht mehr in Erwägung ziehen kann, und ich frage mich, wie es im Großvater ausschaut, nachdem er nun schon fast zwei Jahre Schmerzen ertragen muss. Wie der Raum aussieht, den er sich in seinem Inneren eingerichtet hat, und stelle mir vor, wie er dort stillhält, um nur ja nirgends anzustoßen, nur ja nichts aufzuschrecken. Ich erinnere mich, wie ich den Großvater beobachtet habe, seine Augen in dem schmalen Gesicht, während ich noch versuchte, seinem Blick nachzugehen. Dann merkte, er schaut auf die abgebrochenen Mohnhalme, die ein Stück entfernt im Gras lagen. Ich hob einen auf, trat an ihn heran, setzte mich neben ihn. Ich bewegte die trockene Mohnhülse zwischen meinen Fingern, und er nahm sie mir aus der Hand, drehte sie um und schüttelte sie. Schon leer, sagte er, als es nur noch einzelne Körner regnete, und legte sie zurück in meine Hand. Ich nahm die Hülse auseinander, um die vielen Fächer mit den feinen Trennmembranen zu betrachten. Wie raffiniert die Natur ist, sagte der Großvater.

Tag 5

LOAD CASTS

Wir schlafen lange, obwohl wir vergessen haben, die Rollos herunterzulassen. Die Sonne auf meinen Beinen zeigt an, dass es Mittag wird, als ich mit einem Druck im Kopf aufwache. Ich liege auf dem Ecksofa, das ich mir mit Pascal geteilt habe. Er schläft immer noch, auf den Bauch gedreht, atmet laut in die abgewetzten Sofabezüge, und sein Gesicht glänzt im hellen Licht des Vormittags. Mein Körper fühlt sich schwer an, als ich mich aufsetze und im Zimmer umsehe. Im Regal stehen ein paar Sprachlern-CDs und zwei Pornos, die aussehen wie aus den Neunzigern. Ich lese die Klappentexte auf den Hüllen. Die Geräusche der vorbeifahrenden Autos, die durch die offenen Fenster dringen, sind hier anders als zu Hause. Der Zug so nah, als würde er gleich durchs Zimmer fahren.

Weil die anderen alle noch schlafen, stelle ich die kleine Mokka auf und beobachte, wie aus der löchrigen Dichtung braune Flüssigkeit quillt. Ich schaue aus dem Fenster zum Nachbargrundstück hinüber. Noah und sein Vater sind bereits am Arbeiten. Sie heben einen Balken auf ein Gerüst, der Hund rennt ihnen dabei zwischen den Beinen durch. Als ich den Espressokocher von der Platte ziehe, verbrenne ich mir die

Finger. Mir wird langweilig, und weil die anderen nicht wach zu bekommen sind, auch nicht durch absichtlich laute Geräusche und das Schlagen der Türen, gehe ich duschen. Der Boden der alten Wanne ist verfärbt, an den Rändern hat sich eine Schicht gebildet, die vermuten lässt, dass sie schon längere Zeit nicht mehr geputzt wurde. Während ich mir mit einem Rest Shampoo, das nach *Té Verde e Limone* riechen soll, die Haare wasche, fällt mir die Musterung des Schimmels auf, der sich auf der gegenüberliegenden Wand großflächig und in verschiedenen Schattierungen ausbreitet. Ich erinnere mich an den Schimmelbefall in Pascals WG, der einmal ein solches Ausmaß annahm, dass Pascal in einem Moment der Resignation mit dem Schwamm, mit dem sie den Schimmel immer wieder weggewischt hatten, *Schimmel* an die Wand schrieb, sodass das Wort dort innerhalb weniger Tage als Schimmel zu lesen war. Als ich an den grau schattierten, flockigen, aber doch deutlich lesbaren Schriftzug denke, überkommt mich Wehmut.

Sobald alle wach sind, verabschieden wir uns von Noah und seinem Vater, bevor die beiden uns dazu bewegen können mitzuhelfen. Nach wenigen Kilometern halten wir an einer Tankstelle, aber als wir weiterfahren wollen, springt das Auto nicht mehr an. Es raucht dunkel aus der Motorhaube, als wir diese ein Stück anheben, und wir lassen sie schnell wieder fallen. Dass es eigentlich nur eine Frage der

Zeit war, meint Lea, während wir auf das eingedellte Blech schauen, an dem der Rost an den Rändern hervorkriecht. Ali kramt im Handschuhfach nach dem Schutzbrief, während wir anderen zwischen den Autos in der Sonne Fußball spielen und der Hund aus den Öllachen trinkt. Unsere Köpfe heizen dabei in der Sonne auf, also schütten wir uns die Reste aus den Wasserflaschen darüber. Ich beuge mich vor und spüre, wie das lauwarme Wasser sich verschiedene Wege über meine Kopfhaut bahnt, mir von der Stirn und in den Nacken tropft. Zu meinen Füßen im Staub Perlen bildet, bevor es dunkel versickert.

Wir teilen uns den schmalen Streifen Schatten, den die Zapfsäule wirft, warten auf den Abschleppdienst. Ali regt sich darüber auf, dass wir unseren vorletzten Tag am Meer an dieser Tankstelle verbringen, sie habe keine Geduld für sowas. Und generell keine Ressourcen mehr, in letzter Zeit. Niemand sagt etwas, weil wir alle wissen, wie Ali auf tröstende Worte reagiert, dass es dann heißt: Jaja, ich weiß, das sagt man in solchen Situationen, um etwas zu sagen oder sich den Anschein zu geben, sich gegenseitig zu helfen, aber können wir das einfach überspringen? Können wir dazu einfach schweigen und es so stehen lassen, als Frust über die Frechheit der Existenz und, konkret, als Frust über das Verfangensein in Systemen, in denen man sich mit jeder Geste schuldig macht. Aber dann sagt Amira doch, dass Ali schon wieder wie so oft vom Kleinen aufs

Ganze komme, so wie sie immer auch zu viel Verantwortung für andere mit übernehme. Worum es denn jetzt gehe, worum es ihr denn eigentlich gerade gehe? Dieser ständige Druck, den ich mir selbst mache, sagt Ali darauf und spricht dabei anders, als sie es sonst tut: Ich weiß nicht, woher der Druck kommt, etwas zu leisten und noch mehr zu leisten, nicht stehen zu bleiben. Selbst jetzt, wenn ich hier bin, plane ich schon die nächste Reise, buche schon das nächste Festival. Und keine Reise ist genug. Wandern in Südamerika, durch Asien trampen, mit dem Rad nach Shanghai, mit dem Zug durch Indien, das macht doch schon jeder. Fünf Monate allein in der Wüste ohne Handy, zumindest das müsste es sein, damit es noch als Erfahrung gilt, die nicht nur touristisch ist, damit es ein Erlebnis ist, das vor ihr selbst noch besteht. Ich finde keinen Halt, in nichts, es gibt keinen Ausgleich mehr, sagt sie und betont dabei das Wort *Ausgleich* wie etwas Ersehnenswertes, während sie die Sonnenbrille abnimmt, um sie gleich wieder aufzusetzen. Lea schlägt vor, sie solle im Kleinen anfangen, aufzählen, was sie über sich selbst wisse, was sie als bedeutsam erlebe. Sie wolle nützlich sein, beginnt Ali. Und reisen, ich will etwas erfahren, Menschen und ihre Geschichten kennenlernen, andere Landschaften sehen. Es sei die Intensität, die sie vermisse und nicht mehr finden könne, seit sie ihren Turnus mache, und sie fragt sich, wie es sein wird, wenn sie dann erst richtig im Krankenhaus zu arbeiten beginnt, wenn sie Fachärztin ist. Ich will mit Kolleginnen und Kollegen nicht mehr über Immobilienpreise und den Goldkurs, über Segelturns und Pilates reden, wenn wir doch zuallererst alle Menschen sind und uns das Gleiche betrifft. Wieso wir nicht miteinander darüber sprechen können, mit welchen Geschichten wir täglich konfrontiert werden, darüber, dass wir das Leid schnell von uns schieben müssen, um nach der Mittagspause weitermachen zu können. Damit wir einmal wie die Oberärztinnen und Oberärzte im Operationssaal bei einer Brustentfernung Wetten darauf abschließen können, wie viel die einzelne Brust samt Mammakarzinom wiegt. Wieso können wir nicht miteinander darüber sprechen, dass wir, zumindest die meisten von uns, diesen Beruf unter anderem wegen des Geldes gewählt haben, dass wir aber schon auch vorhatten, Menschen zu helfen. Und dann wieder: Was heißt es, dieses Helfen? Wie kann es aussehen, einander zu helfen? Als du das gestern im Auto gesagt hast, Esther, meint Ali und trommelt dabei mit den Fingern auf den abgewetzten Fußball, habe ich mich daran erinnert, wie ich die Dinge früher manchmal wahrgenommen habe. Es sei die Intensität, nach der sie sich sehne und die mit dem Alter gefühlt immer weniger werde. Sie wolle das nicht akzeptieren. Niemand sagt darauf etwas. Ich streiche dem Hund durch das verklebte Fell.

Während wir einer Tankstellenangestellten dabei zusehen, wie sie etwas an der Anzeige ändert, sprechen wir über die Konzepte von Arbeit, die wir mitbekommen haben. Dass Ali, Amira und Pascal jeden Sommer ohne Diskussion Ferialarbeit machen mussten, während Lea und Georg von ihrer Mutter gelernt haben, Arbeit sei das zu Vermeidende. Deshalb habe sie heute noch Schwierigkeiten, selbst die Arbeiten, die sie gerne mache, für sich umzudeuten, ohne ständig zu denken, sie müsse eigentlich gerade an den See fahren, meint Lea mit Blick auf die Reflexionen in den Öllachen. Auch ich habe ein entspanntes Verhältnis zur Arbeit gelernt, sage ich, an die Zapfsäule gelehnt. Meine Eltern haben studiert und bisschen was geerbt, leben mietfrei in einem Haus, Arbeit war nie Priorität. Wir sollten den Sommer genießen und uns von der Schule erholen. Andererseits, fahre ich nach einer kurzen Pause fort, haben sich meine Eltern für vieles nicht interessiert, für das andere Geld brauchen. Früher fand ich es mühsam, dass wir meistens Zelten fuhren, erst als ich älter wurde, hat sich der entspannte Umgang meiner Eltern mit Besitz, Arbeit und Geld für mich bestätigt. Diese Haltung, resümieren wir, als wäre die Erkenntnis neu, müsse man sich aber leisten können. Amiras Vater, der nicht studiert, immer um seine Arbeit gefürchtet und zur Miete gewohnt hat, hatte diesen Spielraum nicht. Alis Eltern hätten ihn sich nehmen können, haben das aber nie getan.

Als wir nicht mehr damit rechnen, taucht der Mechaniker auf, um das Auto abzuklopfen. An ein Weiterfahren ist heute nicht mehr zu denken, verkündet er dann, weil die Werkstätten erst morgen wieder aufsperren. Er bemerkt unsere Stimmung, wiegt den Kopf und meint, er kenne da jemanden, winkt uns, zu ihm in die Fahrerkabine zu steigen. Er bringt uns zu einer Holzhütte am Straßenrand, auf der in selbst aufgemalten Buchstaben *Palazzo dell'auto* steht und wo einer auch am Sonntag gerne pfuscht. Bald erklärt uns dieser stolz, er habe das Problem jetzt mit Zwei-Komponenten-Kleber gelöst. Pascal ruft, es geht weiter, juhu, während Amira murmelt, ob wir denn glauben, das sei jetzt die Lösung. Wir klettern zurück ins Auto, räumen dem Hund einen Platz zwischen den Rucksäcken frei. Die Straße ist abschüssig, an manchen Stellen nur ein schmaler Weg, und führt durch halboffene Tunnel aufs Wasser zu. Das Licht erzeugt ein Flackern im Auto. Die laute Musik dazu und die abschüssigen Felshänge, steil bis hinunter zum Ufer, versetzen mich in eine ängstliche Reizbarkeit, die keine Berührung erträgt. Es erinnert mich an die Fahrten mit den Eltern früher, wenn man ins Auto stieg und nicht wusste, wo man wieder ausstieg und wie viele Stunden und welche Straßen dazwischen lagen. Obwohl es zumeist schöne Orte waren, an die diese Fahrten führten, versuchten wir manchmal, den Bewegungstrieb des Vaters zu bremsen. Wir wollten, dass er uns das Ziel verrät, bevor wir ins Auto steigen, oder zumindest einen Radius auf der Karte einzeichnet. Aber der Vater wand sich und meinte, nicht mehr als vier Finger auf der Landkarte, ohne uns einen

Maßstab nennen zu wollen, und wenn wir uns damit nicht zufriedengaben, fand er uns misstrauisch. Die Mutter versuchte, uns milde zu stimmen, während wir mit grantigen Gesichtern und durchgeschwitzten Shirts zwischen Polstern, Tuchenten und Bröseln auf der Rückbank gnadenlos nach präzisen Angaben verlangten. Inzwischen saß der Vater genervt am Fahrersitz und starrte auf die Straße, wartete, bis es endlich weitergehen konnte, und erzählte uns dann, als nichts mehr nützte, von den riesigen Wasserfällen, die tosend viele Meter in die Tiefe stürzen und nur wenige Autostunden entfernt auf uns warten würden, von den Motorbooten in der schönsten Flusslandschaft und den Bauwerken, auf die man klettern könne, und als der Vater dann auch noch die Pizza erwähnte, erbarmten wir uns schließlich und gaben die Weiterfahrt frei.

Georg wird von den Kurven schlecht, und auch der Hund gibt Laute von sich, die nichts Gutes verheißen. Wir halten an einem steil abfallenden Stück direkt am Wasser, wollen kurz schwimmen gehen, bevor wir weiterfahren. Wir suchen im Auto nach unseren Badesachen, die noch feucht sind, während der Hund sich an uns vorbeidrängt. Der Himmel ist dunkel, als würde sich neuerlich ein Unwetter ankündigen, trotzdem wollen wir noch ins Wasser, das schon im Schatten liegt. Obwohl ich sonst gerne langsam ins Wasser gehe, besonders wenn es wie hier, an der sonnenabgewandten Seite, schon kalt ist, beeile ich mich und mache ein paar schnelle Schwimmzüge. Als ich mir der Tiefe um mich herum bewusstwerde und die Felswand hinaufschaue, die fast senkrecht über mir aufragt und die ich mir nach unten verlängert denke, drückt mir die Kälte vom Wasser gegen die Brust.

Vom Wasser aus sehe ich, wie die Ersten ihre Sachen in die großen Umhängetaschen räumen, als der Himmel noch dunkler wird. Meistens kommt mir das Wetter kurz vor einem Sturm gelegen. Wenn es zu tröpfeln beginnt und man gerade noch in einem Vorhaben steckt, wenn die anderen alles zusammenpacken, dann richte ich mich ein, im Unbequemen, während das schöne Wetter anderen zu gehören scheint. Ebenso: Gegen einen Widerstand fällt mir das Sprechen leichter. Dann sammeln sich meine Kräfte besser, wogegen mir unter optimalen Bedingungen oft der Antrieb fehlt. Dennoch beunruhigt mich das aufziehende Unwetter heute doch, besonders die Aussicht auf eine weitere Nacht im durchtränkten Zelt.

Auch die anderen sind nur kurz im Wasser gewesen und stehen tropfend am Ufer herum, unschlüssig, ob sie es den Aufbrechenden gleichtun oder sich hier einrichten sollen. Wir haben den Hund zum Wasser mitgenommen. Er ist damit beschäftigt, Treibholz zu zerlegen, als sich einer der Splitter in seinem Maul verkeilt. Der Hund röchelt nach Luft. Ich bin ihm am nächsten, stehe neben ihm, als er in abgehackten Bewegungen den Kopf hin und her wirft und ihm Blut aus dem Maul rinnt. Ich lege ihm die Hand auf den zuckenden Brustkorb, da fasst ihn Georg um den Bauch, während Lea ihm das Maul aufreißt und direkt hineingreift, um das Stück Holz herauszufischen. Der Hund röchelt noch kurz, bevor er sich schüttelt und zum Wasser läuft. Sie wisse, man darf einem Hund in so einer Situation nicht ins Maul greifen, sagt Lea dann, sie habe sein Beißen schon fast spüren können. Sie schaut zu, wie der Hund ins Wasser taucht. Kein Tier ist ein Gefährte wie der Hund, sagt sie, aber wie schade ist es, dass es uns leichtfällt, liebevolle Beziehungen zu Hunden aufzubauen, weil sie über Generationen dafür gezüchtet wurden, uns nahe zu sein, während wir Tiere, die als Nutztiere gelabelt sind, zusammenpferchen oder Reptilien aufgrund ihrer Andersartigkeit abstoßend finden.

Wir warten ab, ob es zu regnen beginnt, auf der Decke Spuren unterschiedlicher Körperflüssigkeiten vom Kind. Wir sprechen über Sicherheit und darüber, dass Ängste ein Einfallstor für viele Haltungen und Ideologien sind, die wir ablehnen, wie wir, als Ängstliche, dagegen bei uns selbst angehen müssen. Wir sprechen über die Möglichkeit, uns den Tod mit Morphin zu erleichtern, und Ali erzählt von den Todeskämpfen mancher Sterbender. Wir spekulieren, ob wir uns in einer nächsten Wirklichkeitsebene nach unserem Tod als

Astralkörper wieder treffen, Pascal hält es für unwahrscheinlich. Wir sprechen über unsere Großmütter und Urgroßmütter. Alles, was wir von ihnen wissen und uns erzählt wurde, erzählen wir einander weiter. Es sind Geschichten von Entbehrungen und Widersprüchen. Frauen, die *Versorgungsehen* eingegangen sind, weil sie keine Arbeit finden konnten und die Eltern sie aus dem Haus haben wollten. Frauen, die keine Ausbildungen machen durften, weil Ausbildungen ihren Brüdern vorbehalten waren. Frauen, deren Erbteile von ihren Ehemännern für sich beansprucht wurden, sodass sie keinen Anteil am Besitz und keine Entscheidungsbefugnis darüber hatten. Frauen, die gerne halbtags gearbeitet hätten, statt jahrelang allein bei den Kindern zu Hause zu bleiben. Frauen, die unter den Bildern von Männlichkeit litten, die ihre Männer hatten, so wie diese selbst unter ihren Bildern von Männlichkeit litten. Frauen, die jeden Abend ein warmes Fleischgericht auf den Tisch stellten, wenn ihre Männer nach Hause kamen. Frauen, deren Männer nichts davon wussten, dass Frauen durchschnittlich dreizehn bis siebzehn Minuten bis zum Orgasmus brauchen und ein Mann nur ein bis vier Minuten. Frauen, die nicht darüber klagten, worauf sie verzichteten, und auch nicht über die Schmerzen, die ihre Körper aushalten mussten. Frauen, die für sich selbst nicht viel beanspruchten, obwohl sie durch ihr Handeln und Sorgen ihre Familien und die sozialen Beziehungen darüber hinaus zusammenhielten. Frauen, die es gewohnt waren, sich mehr um andere als um sich selbst zu kümmern. Frauen, die es wie beiläufig aussehen ließen, wenn sie beim Verlassen eines Zimmers jedes Mal unbemerkt ein paar herumliegende Dinge aufsammelten.

Als es zu tröpfeln beginnt, setzen wir uns unter den aufgeklappten Kofferraumdeckel. Lea hat im Fußraum des Autos irgendwo eine halbleere Kekspackung gefunden, die sie herumreicht, und wir schauen aufs Wasser hinaus, das der Regen peitscht. Während die meisten in ihren Autos verschwunden sind oder sich davonmachen, sehen wir drei Schwimmerinnen ins Wasser steigen und mit gleichförmigen Bewegungen in einer synchronen Formation geradeaus ins Meer davonschwimmen, als hätten sie nicht vor, an diesem Ufer wieder an Land zu steigen. Wir machen uns keine Sorgen, es scheint sich bei diesen Schwimmerinnen um Wesen mit anderen Fähigkeiten zu handeln.

Ich pinkle am Parkplatz hinter ein anderes Auto. Beobachte, wie der Urin neben meinen Schuhen zusammenläuft und sich mit dem Regen mischt. Als wir weiterfahren, fällt mir eine Szene ein, wie ich barfuß auf den dunkelroten Fliesen im Bad meines Elternhauses stehe und eilig pinkeln will, um draußen nichts zu verpassen. Wie ich den Rock hinaufschiebe und die roten Flecken in der Unterhose entdecke, wie sich in mir etwas verkrampft in dem Gefühl, eine unangenehme Krankheit entdeckt zu haben. Und so schnell wie die Einsicht da war, dass etwas nicht stimmt, war mein Entschluss gefasst, das Eigenartige nicht zu beachten. Zu verbergen vor allen. Ich stopfte mir Klopapier in die Unterhose und lief wieder hinaus in den Garten, wo die anderen noch mit dem Gartenschlauch beschäftigt waren, den wir wie ein Kletterseil von Baum zu Baum gespannt hatten. Wie Kinder, dachte ich, Kinder, wie ich selbst gerade noch eines gewesen bin. Die blutige Unterhose versteckte ich vorm Schlafengehen in der untersten Schublade des Kleiderkastens, schob sie weit nach hinten, wo ich sie von nun an sammelte. So lange, bis ich genug hatte, um einen Sack damit zu füllen. Ich stopfte auch noch alte T-Shirts und Pyjamahosen oben hinein, damit niemand bei einem Blick in den Sack etwas vermuten würde und nichts hinwies auf die blutigen Fetzen Stoff. Ich trug meine Unterhosen hinaus zur Tonne, räumte darin um, bis eine Schicht Restmüll obenauf den Sack verbarg. Ich stellte mir vor, wie jemand auf der Deponie auf eine meiner blutigen Unterhosen stoßen würde, das fleckige Ding schnell verscharren würde unter Bergen von Müll. Weil das Klopapier nicht mehr ausreichte und ich mir in der Schule einen Pullover um die Hüfte binden musste, nahm ich aus dem Vorrat der Mutter dünne Binden. Als ich im Sommer wieder Blutungen bekam, blutete ich bei einer Fahrt zum Meer die Rückbank im Auto von Alis Mutter voll. Ich wischte an dem Fleck herum, doch er war dunkel und deutlich zu erkennen, als eine Spur der Peinlichkeit, die mich gegen meinen Willen befallen hatte. Beim Aussteigen legte ich ein gemustertes Halstuch von Alis Mutter darüber und versuchte, den Fleck zu vergessen. Die restlichen Tage vermied ich es, nochmal im Auto mitzufahren, und hoffte, niemand möge den Fleck erwähnen, der Fleck möge verschwinden, vom Sitz und aus meinem Gedächtnis. Zu Hause erzählte ich meiner Mutter davon, und es fiel mir schwer, die Worte dafür zu finden. Sie fuhr sofort los, um mir ein Sortiment unterschiedlichster Artikel zu bringen. Sie sagte, das alles sei zuerst unangenehm, aber ich würde es bald gewohnt sein. Meine Mutter behauptete, es sei auch etwas Schönes daran, aber ich konnte mir nicht vorstellen, was. Da erzählt Ali, wie sie nach ihrer ersten Menstruationsblutung zu ihrer Mutter gegangen sei und wie die ihr gesagt habe, sie solle dem Bruder gegenüber nichts davon erwähnen, damit ihm das Interesse an seiner Freundin nicht vergehe.

Im Auto ist es warm, als wir im Halbdunkel die Straße entlangfahren. Die Bäume am Straßenrand bilden einen Tunnel, ihre Äste hängen an manchen Stellen über, sodass wir wie unter einem Dach dahinfahren, das den Regen abhält. Auf einem Anhänger vor uns auf der Straße ein halber Bootsbauch, und ich denke an Bootsunfälle, an die vielen verschiedenen Arten, wie ein Boot kentern kann. Der Ausschnitt, den wir vom Auto aus von der Landschaft sehen, scheint sich nach jeder Kurve zu wiederholen. Als wäre sie in die

Länge gedehnt, durch die Zeit gestreckt. Als würden wir uns lange so bewegen. Direkt neben der Straße sehen wir die hohe Ziegelmauer eines Friedhofs, in dem sich die Toten im Stein übereinander türmen. Erinnert ihr euch an die vielen Reihen heller Grabsteine, die sich auf unserer Fahrt durch bosnische Dörfer im Vorbeifahren weit aufspannten? Eine Menge an Toten, die aus dem Verhältnis kippte, sodass unsere Zuversicht, die sich trotz allem auf einen hoffnungsvollen Ausgang für alle richtet, porös wurde. Wir sind in dem Gefühl aufgewachsen, weitgehend alles sei frei von der Möglichkeit eines größeren Schadens. Erst als wir älter wurden, haben wir bemerkt, was in der Vergangenheit bereits angerichtet worden war. Seit sich Dinge, die niemand mehr für möglich gehalten hat, auch in unserer Gegenwart einstellen, erscheint uns alles möglich. Ich denke an den Großvater, der davon sprach, dass ihn der Blick in die Berge hinein als Kind nicht gekümmert hat. Er habe ausschließlich wahrgenommen, was ihn direkt umgab, der Wald sei ihm interessanter erschienen als die Aussicht. Erst später sei sein Blick weiter geworden. Er habe das auch bei seinen Kindern beobachten können. Wie sie zuerst nur betraf, was in ihrer Nähe lag, und dass sie heute alles zu betreffen scheint, was auch andere betrifft.

Der Pinienwald am Straßenrand beginnt nach jenem Wald auszusehen, neben dem wir unsere Zelte aufgeschlagen haben. Wir sind zurück in der Maremma, denke ich, und etwas an dieser Rückkehr beunruhigt mich. Kurz vorm Campingplatz halten wir, um uns Pizzen zu holen. Während die anderen in dem Lokal warten, setzen Pascal und ich uns an einen der leeren Tische unter einem Schirm. Es tröpfelt noch, und keiner ist sonst draußen. In dem Neonlicht, das unter den Schirmen befestigt ist, spielen wir ein Gespräch durch, wie wir es schon oft in ähnlicher Weise geführt haben. Pascal sagt, dass er die Tiere hier beobachtet und wie es ihn erstaunt, wenn er eine Heuschrecke sieht, die noch alle Beine hat. Weil sie so fragil aussehen, erscheint es ihm jedes Mal unwahrscheinlich, dass noch keines abgebrochen ist, und er überlegt, ob wir eben diesen Eindruck auch erwecken, auf größere Tiere oder andere Wesen oder manchmal auch aufeinander. Dabei steht er auf und beugt sich in einer schnellen Bewegung einem Vorübergehenden entgegen, den er freundlich um eine Zigarette bittet. So wie er es gerne tut, wenn man sich zu einem Gespräch zusammensetzt oder sprechend nebeneinander hergeht. Selbst kauft er sich nie Zigaretten, aber sobald man ein Gespräch beginnt, organisiert sich Pascal von irgendwoher welche. Der Stehengebliebene fragt ihn, ob er auch Feuer benötige, und Pascal lächelt verlegen und sagt, ja, bitte, das wäre nett. Als er mir wieder gegenübersitzt, die brennende Zigarette in einer Geste, die eine Referenz auf vieles zu sein scheint, zwischen seinen schmalen Fingern, meint er, es komme ihm immer etwas vermessen vor, dieselbe Person um eine Zigarette und um Feuer zu bitten. Dann sprechen wir darüber, dass morgen unser letzter Tag ist, wie mühsam das ständige Abschiednehmen ist, und ich sage, dass ich mittlerweile selbst mit kurzen Abschieden von mir nicht einmal besonders nahestehenden Personen manchmal ein Problem habe. Dass ich auf jeden Abschied mit einer übermäßigen Traurigkeit reagiere. Manche, sage ich, behaupten, sie seien gerne allein, es sei eine notwendige Pause, ein Moment, um sich zu sammeln. Sie würden es genießen, ein Wochenende allein in ihren Wohnungen zu verbringen und sich so zu verhalten, wie man es nur tut, wenn man für sich ist. Während ich das nie verstehen konnte. Weil ich es nicht gewohnt bin, allein zu sein. Mir scheint, als wäre nur geteilte Zeit tatsächlich Zeit, nur wenn auch ein anderer da ist, um es zu bezeugen, und alles dazwischen nur ein Warten auf den nächsten geteilten und damit realen Moment. Ich sage das, und dabei fällt mir auf, dass es nicht wahr ist. Ich kann gut allein sein, wenn es sich ergibt. In manchen Momenten richte ich mich ein in der Stille, die sich dann verläuft, wie sich meine Gedanken im Raum verlaufen, wenn ihn niemand anderes beansprucht. Es sind meine Bilder, die ich von mir habe und nach außen werfe. Oberflächen, die sich nicht mit dem Grund decken.

Pascal spricht jetzt von der Austauschbarkeit von Beziehungen und wie sie zunimmt, je mehr wir uns an die häufigen Ortswechsel gewöhnen. Wie kurze Begegnungen und häufig wechselnde Kontakte lange und tiefe Beziehungen ersetzen und dass es sich oft nicht mehr zu lohnen scheint, sich aufeinander einzulassen. Dass er sich diese Nähe manchmal wünsche und sie suche, so auch in seiner Beziehung zu Marie, obwohl ihm die Abhängigkeit, in der Marie und er zueinanderstehen, Angst mache. Es kommt mir vor wie eine neue Art von Sicherheitsdenken, überlegt Pascal, während er eine neue Zigarette zwischen seinen Fingern dreht, als würden wir alle versuchen, unsere Identität zu diversifizieren, uns zu fragmentieren in viele verschiedene Beziehungen, selbst in unterschiedliche Liebesbeziehungen, um uns vor dem Verlust des Partners oder der Partnerin und enger Freundinnen und Freunde abzusichern. Als würde es immer jemanden geben, wenn es bloß viele gibt. Ich schaue zur Glastür hin, hinter der die anderen an der Theke auf die Pizza warten und etwas trinken. Zwischen den anderen Gästen sehen sie in dem Innenraumlicht orange und violett aus. Andererseits, sage ich dann und verspreche mich, weil der Text nicht sitzt, ist eine Rückkehr in die stabilen Gefüge von früher auch nicht wünschenswert. Als über vieles nicht gesprochen wurde, so wie heute in den flüchtigen Begegnungen, im Vorbeigehen vieles nur angedeutet wird, aber nur selten Konstellationen entstehen, in denen über das Viele gesprochen wird. Dass es aber trotzdem erstrebenswert bleibe, eine Wahrnehmung mitzuteilen und diese in jemand anderem gespiegelt zu sehen. In diesem

Moment schieben sich die anderen aus der Tür heraus, mit den Pizzakartons in den Händen, und wir folgen ihnen in Richtung des Wassers.

Als wir die Zufahrtstraße zum Campingplatz hinauffahren, beginnt der Hund zu jaulen, dann schlägt er mit seinen Pfoten innen gegen die Scheibe. Pinkelt der jetzt ins Auto, ruft Ali und bleibt sofort stehen. Ich steige mit ihm aus, während die anderen schon zu unserem Platz vorausfahren. Der Hund läuft, ohne zu zögern, in dem schmalen Graben an der vielbefahrenen Straße entlang, von der wir gerade abgebogen sind. Ich folge ihm und bin mir bewusst, dass ich in der Dunkelheit aus einem vorbeifahrenden Auto erst spät zu sehen bin. Als ich in einer kleinen Ausbuchtung im Unterholz in flackerndem Scheinwerferlicht zwei kleine Wesen mit dem gleichen struppig-weißen Fell erkenne, verstehe ich: Der Hund ist eine Hündin, und wir haben sie zwei Tage von ihren Jungen ferngehalten, die sich jetzt gierig an die Mutter hängen. Ohne nachzudenken, haben wir die Hündin in unser Auto geladen, obwohl sie nur auf der Suche nach Essensresten zu uns wollte. Wir haben ihr den Wunsch angedichtet, in unserer Gesellschaft sein zu wollen, obwohl es hier diese Welpen gab, die nach ihrer Mutter suchten. Ich hocke im Dunkeln, und mit jedem vorbeifahrenden Auto erhasche ich einen kurzen Blick auf die erschöpfte Hundemutter mit den zwei gierigen Welpen, die sich zu dritt im Straßengraben drängen. Wieso habt ihr euch diesen Ort hier ausgesucht, frage ich die Hündin, als die Welpen genug haben. Der eine rollt zur Seite und schläft sofort ein, während der andere mit einer Plastikflasche zu spielen beginnt. Er schiebt sie mit seinen zu großen Pfoten hin und her, versucht, in sie zu beißen, dabei rutscht sie ihm aus dem Maul, und er springt ihr nach. Die Art, wie ich hier hilflos neben den Hunden hocke, erinnert mich daran, wie ich bei meiner Arbeit in den Wohnungen anderer stehe, wenn ich etwas sehe oder erfahre, das mich bewegungsunfähig macht. Wenn ich schweigen will, weil ich nicht damit umgehen kann, bis ich dann doch etwas sage oder unternehme, weil ich weiß, es ist notwendig. Ich will die Hunde dazu bringen, mir aufs Gelände des Campingplatzes zu folgen oder zumindest weiter in den Wald hinein. Ich rufe sie in verschiedenen Sprachen, winke sie weg von der Straße und versuche, sie zu scheuchen, doch sie rühren sich nicht. Als ich den spielenden Welpen aufheben will, knurrt mich die Hündin auf eine Weise an, die ich nicht erwartet hätte. Es ist ihr Ernst, sie bleiben hier. Sie bleiben hier, wo die Welpen direkt neben den vorbeirasenden Autos spielen, weil sich hier, in dem Graben neben der Straße, die Essensreste sammeln.

Tag 6

ANTIDUNES

Am nächsten Tag schlägt das Wetter plötzlich wieder um, und es hat Temperaturen wie an den ersten Tagen. Beim Aufwachen steht mir der Schweiß im Gesicht. Es bringt nichts, wenn ich mir über die Augenbrauen wische, im nächsten Moment sammelt er sich schon wieder, sodass ich am liebsten ins Wasser tauchen würde, um erst aufzutauchen, wenn die Hitze sich verzogen hat. Ich höre uns klagen, über die Hitze, wie wir gestern noch über den Regen geklagt haben.

Während ich in einem Campingstuhl vor dem Zelt einsinke, fällt mir ein, dass ich in der Nacht von Kojoten geträumt habe, die am Gelände herumstreunen und sich im Wald verbergen. Wir wollten sie sehen und sind ihren Spuren gefolgt, doch wir konnten weder ihren Aufenthaltsort noch ihre Beschaffenheit bestimmen. Sie waren schemenhaft und unvermeidbar wie der Tod selbst. Der Tod zuerst und dann eine Reihe von anderen Dingen. Im Traum ist es mir vorgekommen, als könnten wir auf einmal die einfachsten Dinge nicht mehr greifen. Wir haben mit Vorstellungen hantiert und versucht, diese einzubetten, bis sich die Glitches, ähnlich denen, die Pascal programmiert, häuften und alles von ihnen durchzogen war. Sie verdichteten sich zu einem zusammengeschobenen Störbild, das unter der gut abgestimmten Oberfläche am Bildgrund lag und unvorhersehbar flackerte. Ich betrachte die Muster im Staub zwischen meinen Füßen und bin mir sicher, dass sie uns in den Wald führen werden, wenn wir ihnen folgen. Dazwischen kreuzt ein Ameisenkollektiv diese Routen. Sie schneiden präzise Linien aus einem Blatt und tragen es in kleinen Teilen geordnet davon, sodass sich sein Grün vor meinen Augen stückweise zersetzt.

Ich lege die Reste vom Brot und vom Käse unter den Tisch, hoffe, dass die Hündin sie vor den Ratten findet. Obwohl auch die Ratten Junge haben, fällt mir dann ein. Ich höre ihr vielstimmiges Fiepen in der Nacht. Als wir Kinder waren, hatten wir ein Rattennest im Garten, das Rudel aus dem Rattenhochhaus hatte sich über unseren Garten und die Nachbarsgärten ausgebreitet. Als wir das Nest im Gebüsch entdeckten, fanden wir die kleinen Tiere eklig und süß zugleich. Felllose Wesen, rosarote Würmer mit geschlossenen Augen, die hungrig schrien. Wir berührten die weiche Haut an ihren Bäuchen und staunten über die kleinen Krallen und Ohren. Können wir die kleinen Mäuse behalten, fragten wir die Eltern, die uns sagten, es seien keine Mäuse, es seien Ratten. Für sie schien das etwas zu ändern, für uns änderte es nichts. Die Eltern zählten uns alle Haustiere auf, die wir schon gehabt hatten und um die wir uns, wie sie sagten, nicht gekümmert hätten. Da sind die Frettchen, die Vögel, die Katzen, meinte die Mutter, und außerdem: Wie soll das mit den Katzen gehen? Sobald die Katzen sie entdecken, werden sie sich auf die Jagd nach ihnen machen. Wir werden die Ratten in unseren Betten verstecken, riefen wir, und die Mutter bat uns, das Wort *Ratte* zu vermeiden, die Nachbarn seien sowieso nicht gut auf uns zu sprechen. Wir einigten uns auf das Wort *Känguru*, aber egal, wie sehr wir die Eltern baten, die kleinen Kängurus behalten zu dürfen, und egal, wie leicht die Eltern sonst von Zuwachs an Haustieren zu überzeugen waren, die Kängurus mussten gehen. Wir packten das Nest zusammen und fuhren es mit den Eltern in den Wald. An einer Stelle, die uns sicher erschien, platzierten wir es zwischen den Bäumen und verteilten Moos um das Nest herum, damit die Tiere es warm haben würden. Auf dem Heimweg hörte ich die Mutter mit dem Vater flüstern. Ob er glaube, dass sie bei der Kälte die Nacht überleben würden. Besser sie erfrieren, als dass sie verhungern, antwortete der Vater betrübt.

Weil niemand von den anderen auftaucht, gehe ich zu der Bar am hinteren Ende des Campingplatzes und bestelle einen Kaffee und Gebäck und setze mich damit unter einen Baum in den Schatten. Neben mir stellen Kinder, die ich in den letzten Tagen am Campingplatz öfter herumrennen gesehen habe, in regelmäßigen Abständen Holzblöcke auf den Boden. Ein

Kind, das ausgewählt wird, misst mit seinen Schritten die Distanz zwischen den Holzblöcken aus. Als ein bestimmter Punkt im Sand markiert ist, beginnen sie, eine neue Reihe Holzblöcke in den gleichen Abständen aufzustellen. Nachdem unter lauten Diskussionen an manchen Blöcken noch herumgeschoben wurde, scheinen sie sich auf das abgesteckte Feld zu einigen. Sie werfen aus einer ihnen bekannten Entfernung mit schmalen Holzstecken nach den Blöcken, und wann immer eines der Kinder einen der Blöcke trifft, geht es hin, hebt ihn auf und stellt ihn in einem neuen Abstand an eine andere Stelle. Ich schaue ihnen bei ihrem Spiel zu, höre das dumpfe Klopfen des Holzes, wenn die Stecken am Boden landen und eine Wolke Sand aufwirbelt. Zwei Jungen haben sich in meine Nähe gesetzt, einer von ihnen zeichnet mit Ästen etwas in den Sand. Ich verstehe nicht alles, was sie sagen, aber ich merke, dass der kleinere Junge vor dem, was der größere mit dem Ast in der Hand erklärt, Angst hat. Er fuchtelt mit dem Stecken herum, und ich sehe, dass es sich um Planeten und Bahnen handelt. Einmal wird der letzte Tag sein, einmal gibt es einen großen Krach, oder die Sonne frisst uns, sagt er und lässt seine geballten Fäuste aufeinanderprallen. Das ist jederzeit möglich, es kann auch heute sein. Heute ist der letzte Tag?, fragt der Kleine mit großen Augen. Der Ältere nickt, es ist möglich, ich habe so ein Gefühl. Da bemerke ich, wie Pascal aus der Richtung des Waschhauses auf mich zukommt. Er geht an den Jungen vorbei und zieht dabei, ohne es zu bemerken, eine Spur durch ihre Zeichnung, wie eine Kometenbahn. Pascal trinkt von meinem Kaffee und sagt, er sei zum Waschhaus gegangen, um zu scheißen, und jetzt könne er sich nicht mehr daran erinnern, ob er es getan habe. Weder spüre er es, noch könne er eine Erinnerung daran abrufen, ob das nicht eigenartig sei? Er setzt sich neben mich, und wir beobachten die beiden Jungen. Wieso man früher in den Höhlen vor allem Tiere gezeichnet habe, frage ich Pascal. Weil sie den ganzen Tag mit der Jagd beschäftigt waren? Weil sie von ihnen abhängig waren, sich bedroht sahen oder sie als Gottheiten erlebten? Weil sie an diesen Tieren ihre eigenen Geschichten von Kampf, Flucht, Angst, Nähe und Wut darstellen konnten? Pascal erzählt, dass er in einer Dokumentation einen Aborigine sagen gehört habe, er male nicht, es seien Geister, die seine Hand führten, und dass er im Erzählen nicht zwischen sich und dem, was ihn umgab, unterschied. Wir sehen den Jungen dabei zu, wie sie über ihren Zeichnungen knien und den Stecken unaufhörlich weiterbewegen, ohne abzusetzen eine Linie ziehen.

Wir finden die anderen am Strand. Sie sitzen bis zur Hüfte im flachen Wasser. Ich höre Ali sagen, dass sie auf diese Weise pinkeln könne, ohne dass es jemand von uns bemerken würde, weil die Wellen sofort alles davonspülen. Und dass sie sich heute gar nicht mehr fortbewegen müsste, wenn ihr jemand Essen bringen würde. Ob sie das mit dem Pinkeln aber jetzt trotzdem bitte lassen könne, sagt Amira und rückt ein Stück weg.

Ich betrachte die Formen der Wellen, die mit dem Grund korrespondieren und solcherart eine Übereinstimmung erzeugen, bei der das Sichtbare auf Unebenheiten im Untergrund schließen lässt. Es scheint mir heute alles bedrohlich und fragil zugleich. Besonders wir und unsere Körper zuallererst fragil und alles andere bedrohlich, vielleicht. Wenn ich zu dem Kind hinüberschaue, das zwischen den seichten Lachen herumkrabbelt und seine Hände ins Wasser taucht, kann ich nicht anders, als es zu beobachten, um sicherzugehen, dass es nicht ertrinkt, wie die Mutter es mit Blick auf den Gartenteich für uns immer gefürchtet hat. Die Wellen brechen, wie Porzellan, das einem aus der Hand rutscht. Das Geräusch der Vögel im Wald surrt in gleichbleibender Intensität und schraubt sich uns in die Köpfe. Das Wuchern und Treiben hinter uns erscheint mir unkontrollierbar. Jeden Moment wächst alles weiter, es fallen Äste und verkeilen sich in dem Dickicht, das unpassierbar wird. Der Sumpf enthält Verborgenes, von dem wir nichts wissen, darin wachsen Wesen heran, von denen wir nichts wissen wollen. Er ist bereit, uns zu verschlingen, wenn wir unachtsam einen Fuß in ihn setzen. Das Surren der Mücken kommt mir bedrohlich vor. Ich beobachte, wie sie in dichten Trauben über den Gewässern hängen, und warte auf den Moment, wenn sie sich uns zuwenden, um sich wie eine Decke um uns zu legen. Ich denke an die Krankheiten, die sie mit ihren Bissen in unseren Körpern zurücklassen. Krankheiten, die erst mit der Zeit erkennbar werden, in den Zerstörungen, die sie in unseren Organen anrichten, nachdem sie lange in unseren Körpern schlummern, sich einnisten in den verborgensten Winkeln des Nervensystems. Sich unnachgiebig irgendwo verkeilen, um in einem Moment auszubrechen, wenn wir nicht mehr damit rechnen. Vielleicht ist es die Hitze, denke ich, oder dieser Traum, der noch in mir festsitzt. Vielleicht sind es die Zeichnungen der Jungen im Sand. Oder ist es die Wildnis dort drüben, auf die wir seit dem ersten Tag schauen.

In manchen Momenten sehe ich das Setting hier in seiner Künstlichkeit, zugleich unveränderlich und modifizierbar. Ich stelle mir die Techniker und Technikerinnen vor, wie sie die Boxen mit den Field Recordings hoch oben in den Pinien installieren, sodass eine vielschichtige Soundscape aus Grillenzirpen und Vogelzwitschern entsteht. Verankerungen, auf ein Minimum reduziert. Bühnenbildner und Bühnenbildnerinnen, wie sie Tonnen von Sand aufschütten und die Kakteen platzieren, wie sie die Windmaschine und die Tageslichtschweinwerfer einrichten und mit Zeitschalter versehen. Wie sie Kanister voller Eidechsen und Fische entleeren, um dem Setting eine organische Komponente hinzuzufügen, die an dieser Skizze selbst weiterarbeitet. Projektionen einrichten, die flackern. Ich denke mir behaarte Kugelformen im Wasser, die Köpfen gleichen. Weiche Formen aus Wachs am Strand, die nach durchscheinenden Körpern aussehen. Fossilien, direkt in die Hohlräume der Felsen gegossen. Drähte, die Raumlinien vorzeichnen, und Textilien, zwischen den Ästen gespannt, um atmosphärische Flächen anzudeuten. Ich bemerke auch Arrangements, die hermetisch erscheinen: Äste, ineinander verhakt, darunter eine Schale mit einer Flüssigkeit, in der Körner treiben. Nicht weit entfernt Dinge, die wie Werkzeug aussehen, das man zum Operieren verwendet, geformte Griffe und schmal zusammenlaufende Hälse. Einen rostigen Kübel, in dem blaue Flüssigkeit steht. Es liegt hier manches, das sich nicht gleich erklärt, vielleicht nie erklärt. Objekte, die für niemanden sind, so wie hier nichts für uns ist. Weil wir in dieses Setting geraten sind, das nicht für uns gemacht ist und uns nicht braucht. Trotzdem bewegen wir uns darin auf eine Art, die aus unserer Gewohnheit entsteht, alles auf uns zu beziehen. Doch dann merken wir, es gibt hier nichts, über das wir verfügen können. Als wäre das ein Ort, der uns in seiner Künstlichkeit Naturraum vorführt, und als würden wir, indem wir miteinander interagieren, unsere Beziehungen zueinander aufführen. Zur Schau stellen. Unsere mühsame, nie endende Aufgabe: immer und immer wieder uns abmühen, uns einander anzunähern. Obwohl mir diese Vorstellung kurz deutlich vor Augen steht, bewegt sie sich im nächsten Moment wieder von mir weg und zerrinnt, und ich frage mich, was wir hier überhaupt machen. Was haben wir hier noch vor, rufe ich den anderen zu. Wir haben den Bildern, die sich hier ansammeln, nicht viel mehr entgegenzusetzen als die flauschigen Verbindungen, die sich manchmal zwischen uns und allem hier, den Tieren und Pflanzen, aufbauen und uns das Gefühl eines gemeinsam atmenden Organismus geben, der widerständiger sein mag als unsere einzelnen anfälligen Körper.

Ich denke an Jonathan und daran, wie wir kurz vor meiner Abfahrt im Kino waren. Die Stuhllehne drückte in meine Beine, mein Arm war eingeschlafen. In den kleinen Fingern hatte ich kein Gefühl, nur mehr Kribbeln. Jonathan saß ähnlich unbequem, konnte nur die halbe Leinwand sehen und hatte die Armlehne in der Seite, seine Hand auf meinem Bein. Ich hielt mich an seinen Armen fest, und jedes Mal, wenn ich zu ihm hinübersah, wie er die Untertitel des koreanischen Films las, schlug etwas über mir zusammen. Mir wurde bewusst, dass ich nie mehr zu verlieren hatte. Ich war vollständig erfüllt, und es graute mir vor allem Weiteren. Ich war nicht fähig, Jonathan etwas davon zu sagen, also legte ich meine Finger noch fester um seine Arme.

Ich gebe mir Mühe, wahrzunehmen, was sich hier um mich bewegt, obwohl ich weiß, dass sich mir schon auf der Heimfahrt in der Rückschau andere Bilder von diesem Ort zeigen werden. Mir scheint, dass sich hier alles auflöst, noch bevor wir weg sind. Die Konturen des Waldes fransen aus. Amira schlägt vor, die Bucht zu suchen, von der man uns erzählt hat. Wo sie liegt, wollen wir wissen, aber Amira erinnert sich nicht, nur dass es in diese Richtung sein müsse, sagt sie und zeigt dabei Richtung Wildnis. Pascal ist begeistert, es sei ohnehin höchste Zeit, den Sumpf zu durchwaten. Er sei bereit, sagt er und reibt sich die Hände auf eine Weise, die nichts Gutes verspricht. Wir wollen den gesamten Streifen durchwandern, um zu sehen, was dahinter liegt, ob es die Bucht ist, von der man uns erzählt hat. Wir starten unsere Expedition mit leichtem Gepäck, weil wir nicht vorhaben, lange weg zu sein. Und weil es inzwischen auf Mittag zugeht und die Hitze alles unnötig macht. Wir gehen einer nach dem anderen den Pfad entlang, der vom Ufer ins Unterholz verläuft. Wandern bergauf durch sumpfiges Gelände, das ins Innere führt. Die Formen sind hier weicher als am Ufer, die Äste der Bäume dichter und widerspenstiger. Sie rücken enger zusammen, als wir uns zwischen ihnen durchbewegen. Als wollten sie unser Vorwärtskommen abwehren, sagt Lea. Mit unseren Schlapfen rutschen wir auf dem nassen Untergrund oder bleiben in schlammigen Lachen stecken. Immer wieder sinkt jemand ein Stück ein und muss seinen

Fuß mit einem Ruck herausziehen. Wir wechseln uns ab mit dem Tragen des Kindes, das das dicht verwobene Farbgeflecht betrachtet. Die Hitze sickert auch in den Wald herein, und das Licht fällt fleckig durch das Blätterdach. Wir hören auf die Geräusche des Waldes und die, die wir selbst machen. Das Knacken der Plastikflasche in meinen Händen klingt fremd an diesem Ort. Ich gehe hinter Georg her, dessen großer Körper mir den Blick in den Wald hinein verstellt, sodass ich immer erst sehe, was mich umgibt, wenn ich schon darin bin. Bei einer Hitze wie dieser, sagt Georg, erscheine ihm alles unterschiedslos und dass es auf eine Weise auch schön sei, wie gleichgültig alles werde, wenn man jenseits des Punktes ist, wo einen die Hitze noch berührt. Ob er an dem Punkt schon sei, will Ali wissen, und Georg sagt, er sei sich nicht sicher, also wahrscheinlich ja. Es spricht alles für die Unwirklichkeit dieses Ortes, sagt er dann, und niemand widerspricht. Vergangenheit vergegenwärtigt sich hier stärker als anderswo, sie scheint eingeschrieben in die Ablagerungen im Sand, die Formationen der Felsen und in die versteinerten Fossilien. Die dünne Sonnencremeschicht auf unserer Haut vermag die Mücken nicht abzuhalten, die sich immer dichter um uns sammeln, je weiter wir in das Dickicht vordringen. Als hätten sie entschieden, uns zu begleiten.

Die Tiere sind wissender als wir. Sie bewegen sich mit einer anderen Selbstverständlichkeit, am Wasser können wir sie beobachten. Hier mitten im Wald sehen wir kein Tier, aber wir hören sie von allen Seiten und stellen uns vor, was nur eine Handbreit entfernt lauert. Diese Gegend bringt Wesen hervor, die nirgends abgebildet sind. Wir fühlen uns zwischen all den Tieren, die mehr Anspruch auf diese Landschaft haben, auf unseren Platz verwiesen. Wir sind Fremdkörper, die, aus ihren Wohnungen kommend, sich erst langsam einpassen in diese Umgebung. Sich diese weniger wuchernd wünschen. Natur ja, sagt Amira, aber bitte keine Eidechsen im Zelt, keine Seeigel in der Fußsohle, keine Quallen im Wasser. Wir haben verlernt, neben diesen Wesen, die so viel mehr über diesen Ort hier wissen, zu koexistieren, während wir sie meistens nur bemerken, wenn sie für uns eine Störung darstellen, sagt Lea. Wir wünschen uns die Natur verfügbar. Wenn wir mit ihrer Unkontrollierbarkeit konfrontiert sind und uns einer Schlange gegenübersehen, deren Biss tödlich ist, oder wenn uns eine Welle aufs Meer hinauszieht, sodass wir nicht mehr dagegen ankommen, die Erde zu beben beginnt und es Felsen hagelt oder wenn sich eine Mücke auf unseren Unterarm setzt, dann werden wir nervös. Weil wir es gewohnt sind, uns in sterileren Räumen zu bewegen. In Städten, die eine menschliche Ordnung vorgeben, logische Zusammenhänge und durchschaubare Abläufe simulieren, weil dort Krankenhäuser nahe sind, in denen ein Reagieren und Abwenden möglich erscheint.

Die Unverfügbarkeit dieses Ortes macht uns Angst, gleichzeitig zieht sie uns an. Pascal regt sich darüber auf, wie häufig in fragwürdigen Diskursen der Fehlschluss auftauche, was natürlich sei, sei richtig. Die seltsamsten Argumente würden damit untermauert. Auf der einen Seite beuten wir die Natur aus, missbrauchen sie als Ressourcenlager, über das wir völlig unverantwortlich verfügen, auf der anderen Seite tun wir, als wäre ein richtiges Leben nur in einer Hinwendung, einer Rückkehr zur Natur möglich. Lea glaubt, die Dichotomie sei das Problem, die Vorstellung, dass wir den Zusammenhängen nicht ausgeliefert sind, die Konsequenzen nicht zu spüren bekommen. Und dann wieder: die Natur als Sehnsuchtsort, ein Bild, das unsere Blindheit gegenüber jenen Teilen verrät, vor denen wir uns mit unseren unzulänglichen Mitteln zu schützen versuchen. Ich habe Mühe, mich zu konzentrieren, auf euren Tonfall, auf eure Gesichtszüge, die sich beim Sprechen verändern, und dann noch: auf die Worte, die aus euren Mündern fallen, als würde ich euch zum ersten Mal sprechen hören. Ich versuche, mir ihren Sinn zusammenzusuchen. *You are part of this place, not a visitor*, sei es ihm aus dem Unterholz zugeflüstert worden, sagt Pascal. Wir stellen nicht in Frage, wieso es aus der Wildnis Englisch flüstert.

Wieso wir uns eigentlich so eine unwirtliche Gegend für den Urlaub ausgesucht haben, fragt jemand, und der Sumpf schmatzt unter unseren Schlapfen. Wer hat etwas von Urlaub gesagt, sagt jemand anderer. Je weiter wir in das Unterholz vordringen, desto undurchdringlicher wird es. Es hängt ein Nebel über den Wassern, der die Formen durchlässig werden lässt. Selbst Amira und Lea, die am weitesten vorausgegangen sind, kann ich kaum noch erkennen, sie zerrinnen zu undeutlichen Schemen. Wir sind uns nicht sicher, stammen die Bewegungen, die wir sehen, von uns oder einem Tier. Ich höre es im Unterholz knacken und aus dem Wald zu uns flüstern. Das Kind braucht eine Pause, rufen wir nach vorne. Es wird unruhig auf unseren Armen und will selbst Boden spüren. Wir setzen es unter einem Feigenbaum ab und beaufsichtigen es, während es über Wurzeln und zwischen den Tümpeln herumkrabbelt und wir die Früchte von dem Baum ziehen. Sie sind überreif und fallen uns bei der leichtesten Berührung entgegen. Während unsere Finger von dem weichen Fruchtfleisch klebrig werden, ist der Körper des Kindes bald von einer schlammigen Schicht überzogen. Wir vermuten, dass sie besser vor den Mücken schützt als der Mückenspray aus dem Supermarkt, mit dem wir jeden Morgen unsere Haut besprühen. Pascal tut es dem Kind nach und legt sich mit dem ganzen Körper in einen Tümpel, während wir anderen uns auf einen umgestürzten Baum setzen, dessen Reste sich im Unterholz verkeilen, unsere Füße im schlammigen Wasser. Pascals Oberkörper ragt aus dem Tümpel, der Rest seines Körpers ist verfärbt und verschoben, sodass es aussieht, als würden die Beine direkt an der Brust ansetzen. Es ist unvermeidlich, dass wir uns in dieser Mischung aus Süß- und Salzwasser umbauen. Wir beginnen, uns hier im Wasser zu verändern, Kiemen bilden sich an unseren Hüften. Wir werden wieder zu Wasserwesen, mit den Rückständen von Menschen.

Das Kind will zu Pascal ins tiefere Wasser. Amira hält es um den Bauch, damit es mit seinen strampelnden Beinen eintauchen kann. Sie habe beobachtet, wie hier durchsickert, was ansonsten ungesehen bleibt, sagt Amira in das Blätterrauschen hinein. Die Geburt etwa habe ich nicht so schlimm in Erinnerung, aber als ich gestern im Meer hinausschwamm, sind mir unvermittelt Bilder gekommen, als wären sie zum ersten Mal ungefiltert. Nur einen Moment lang sind sie aufgeblitzt, aber lange und deutlich genug, dass ich wusste, ich will das nie wieder erleben. Bevor dann, anders kann ich es mir nicht erklären, eine besänftigende Hormondosis sofort alle Eindrücke abgemildert hat, das Zerreißen des Gewebes, die blutige Lache am Boden. Sodass ich jetzt, wenn ich euch davon erzähle, schon wieder überzeugt bin, dass es so schlimm nicht war. Eigentlich sehr machbar. Würde nicht das Wissen um diese anderen Bilder noch irgendwo festsitzen, sagt sie und hebt das Kind aus dem Wasser, drückt ihre Stirn an seinen weichen Bauch, worauf das Kind Geräusche macht.

Hinter dem Feigenbaum beginnt sich der Himmel zu färben, die Blätter leuchten auf eine Weise, die mich wieder an Kunstlicht denken lässt. Ähnlich künstlich scheint mir auch Pascals Art zu reden, als er zu erzählen beginnt. Pascal, im Tümpel vor dem Feigenbaum, mit dem diffusen Rauschen in einem entlegenen Hintergrund. Es wirkt wie eingespielt, und der Raum scheint mir wieder zusammenzuschrumpfen auf diesen schmalen Pfad hier, weil wir durch unsere Bewegungen nur diesen Raum abstecken, sich alles gerade nur hier abspielt für uns. Er habe das Durchsickern der Bilder auch beobachtet, sagt Pascal. Wie er hier oft darüber nachdenke, dass Marie ihn oder er Marie verlassen könnte. Zurückgelehnt liegt er im grünlich verfärbten Wasser, und wir sagen, dass er noch nie verliebt war wie in Marie. Pascal stimmt zu: Noch nie war ich so verliebt wie in Marie, und noch nie habe ich so viel über das Alleinsein nachgedacht wie mit Marie. In den letzten Monaten, als sie im Krankenhaus war, habe ich mich von ihr allein gelassen gefühlt, obwohl ich wusste, sie kann nichts dafür. Zu Hause habe er eines Nachts ihre Hand gehalten, sie sei kalt gewesen, so wie ihr ganzer Körper kalt gewesen sei. Immer wieder habe ich sie wachgeschüttelt, bei jeder kleinen Bewegung war ich erleichtert, weil die Vorstellung in meinem Kopf saß, wie ich sie am nächsten Morgen regungslos und kalt neben mir im Bett finde. Er erzählt davon, wie ihr Gesundheitszustand und die Sorge um sie seine Angst wieder ausgelöst habe. Wie er sich, wenn er bei ihr war, zusammengenommen habe, um dann für Stunden mit der Angst allein in seiner Wohnung zu sitzen, bis sein Mitbewohner heimkam und ihm etwas zur Beruhigung gab. Einmal sei Marie so schwach gewesen, dass ihre Gedanken unzusammenhängend wurden und ihre Antworten wirr. Er habe das Gefühl gehabt, nicht mehr mit Marie zu sprechen. Es sei ihm vorgekommen, als wäre er mit der Krankheit allein in ihrer Wohnung. Als hätte sich Marie schon verabschiedet.

Die Fragen stellen sich uns hier anders, die Erinnerungen stellen sich hier anders dar, erscheinen uns wie ausgefranst, dabei klarer. Ich erinnere mich hier in aller Deutlichkeit an Situationen, die ich sonst selten abrufe. Die Bilder, die sich einstellen, sind folgende: Wie meine Großmutter sich beim Baden verbrühte, weil sie wie immer zuerst das warme Wasser in die Wanne ließ, dieses eine Mal aber in die Wanne rutschte und aus dem brühheißen Wasser nur langsam herauskam. Dass meine Großmutter, im Krieg großgeworden, ihr Leben lang nicht von sich redete, wie sie selbst kurz vor ihrem Tod, wenn man sie nach ihrem Befinden fragte, meinte, es gehe ihr gut, und damit jedem Gespräch über ihren Zustand ein Ende setzte. Wie sich die Großmutter in dieser einen Nacht ohne ein Wort neben den Großvater legte, sich ihr bis zum Morgen fast die Hälfte der Haut vom Körper schälte, aber erst ins Krankenhaus kam, als der Großvater es entdeckte und es schon fast zu spät war. Ich muss daran denken, wie der Zwillingsbruder der Mutter in einem Alter, in dem niemand damit rechnete, an Krebs erkrankte und wie er, der Onkel, den ich als wuchtigen Mann erlebt hatte, von Besuch zu Besuch an Volumen verlor, sodass wir Kinder nicht verstanden, was mit ihm geschah. Vor unserem letzten Besuch warnte uns die Mutter, wir könnten uns erschrecken, und trotz ihrer Warnung fürchteten wir uns, als wir in sein eingefallenes Gesicht sahen, weil von dem Onkel, der uns Witze erzählte und Angst einjagte, wenn er die Faust in den Mund steckte und dabei knurrte wie ein wildes Tier, in seinem Bett fast nichts mehr übrig war. Am Rückweg sprachen die Eltern im Auto darüber, dass der Onkel noch nicht wahrhaben wolle, dass er sterben werde, obwohl es inzwischen vor ihm stehe, und dann schwiegen sie, und selbst der Vater, der Traurigem für gewöhnlich mit Späßen begegnete, sagte nichts mehr, sodass wir verstanden, es ist ernst und dabei unvermeidbar. Ich muss daran denken, wie im Körper meiner Mutter Jahre später entartete Zellen gefunden wurden und dass Krebs für uns bedeutete, es ist aus. Dass wir es kaum glauben konnten, als man der Mutter die Zellen herausgeschnitten hatte und ihr sagte, man hätte alles erwischt, und wie wir uns vorsichtig ins Schlafzimmer schlichen, wo sie noch einige Tage erschöpft lag, um uns zu versichern, die Mutter ist noch da und es geht ihr gut. Und ich muss daran denken, wie es jetzt beim Großvater wieder beginnt.

Wie sich der Krebs jedes Mal andere Wege sucht und auf unzählige verschiedene Arten im Körper auszubreiten scheint, um lange Zeit unbemerkt Schaden anzurichten. Ich denke daran, wie ich dicht neben dem Großvater sitze, ihn ins Gespräch einzubeziehen versuche, aus dem er sich hinauslehnt, seine Stimme, leise und ratternd, fremd klingt und wie ihn das Sprechen beschwert. Dass er nicht mehr isst, wie wir essen, sondern die Nahrung über einen Schlauch aufnimmt, und wie er auch sonst nur noch an wenig teilnimmt, das für uns das Leben ausmacht. Wie ich versuche, ihn durch fadenscheinige Bemerkungen einzubeziehen, bis er mir die Hand auf den Unterarm legt und sich zu mir lehnt, leise sagt: Es ist schon in Ordnung. So wie man die Mühen eines Kindes würdigt, das es gut meint, aber nicht ausrichten kann, was auszurichten ist. Als ich euch davon erzähle, sagt Amira, dass sie manchmal fürchte, sie habe schon längst Krebs. Dass irgendwo in ihrem Körper bereits etwas im Umbau ist, so wie dieser Wald im Umbau ist, und sie so lange nichts davon bemerkt, bis es zu spät ist.

Hört ihr das Schmatzen, fragt Georg. Wir lauschen dem leisen Geräusch, das in unregelmäßigen Abständen zu hören ist. Als wäre der Schlamm lebendig. Oder als wäre es das Tote in ihm, meint Lea. Sie habe gehört, wenn sich der Körper bei der Verwesung zersetzt, entstehe ein Schmatzen. Wir gehen in einem Schweigen weiter, das nichts mit Ruhe zu tun hat. Außer den

Lauten des Kindes ist von uns nichts zu hören. Unsere unteren Körperhälften verschwinden im Nebel, ich denke an Auflösung. Bald verstummt auch das Kind, und das Knattern und Flirren der Vögel schwillt an. Ich sehe nur noch Georgs Rücken vor mir. Mit den Armen schieben wir uns die Zweige aus dem Gesicht, beim Auslassen schlagen sie dem dahinter entgegen. Wir gehen in geduckter Haltung, um an diesem Ort möglichst wenig Raum einzunehmen. Wenn wir leise gehen, scheint uns, wird uns niemand bemerken, obwohl der ausgetretene Pfad hinter uns eine deutliche Spur im niedergedrückten Gestrüpp bildet, wo zuvor keine war. Wird euch das Atmen auch schwer, will ich fragen, doch ich möchte nicht aufmerksam machen auf uns. Es ist der Dunst hier, der sich über alles legt. Ich öffne meinen Mund und schließe ihn wieder, folge Georgs Rücken. Stelle mir vor, wie Georg in Gedanken den Raum um sich herum durchwandert. Wie er sich, so wie ich auch, vorstellt, was hier im Halbschatten zwischen den Gewächsen liegen könnte. Wie er in seinem Kopf durchgeht, wie viele Mücken ihn in den letzten Tagen gestochen haben. Er fährt mit der Hand an eine juckende Stelle an seinem Oberarm und kratzt sich. Überlegt, welche Krankheit das Tier in ihm zurückgelassen haben könnte. Wie er die Unruhe, die mich in den letzten Tagen belagert hat und jetzt noch belagert, so deutlich spürt wie ich. Und ihr den Raum gibt, den er ihr nur manchmal lässt. Sie sich von allen Seiten besieht und beobachtet, wie sie sich in ihm ausbreitet. Wie er überlegt, was sie von ihm will. Was er ihr geben muss und, wichtiger, was verwehren. Wie ihn die Geräusche zwischen dem Gestrüpp, die Farben und Gerüche nichts mehr angehen, weil es diese Unruhe in seinem Innern ist, die ihn ausrichtet. Obwohl sich für ihn nicht erkennen lässt, woraus sie gewachsen ist. Ich schaue auf Georgs graues Shirt, das kaum noch von der Umgebung zu unterscheiden ist, das mich nicht mehr an Georg erinnert. Wie wenig ich von Georg weiß, so wie ich eigentlich auch über die anderen wenig weiß. Dass ich weiß, was ich mir selbst an Bildern zurechtlege. Früher haben wir noch mehr voneinander gesehen, aber jetzt sind es vor allem meine Bilder. Oder umgekehrt: früher die Bilder und heute das Sehen? Ich habe den Eindruck, ich gehe allein durch den Wald. Ich vermute euch weit entfernt. Ich sehe keinen mehr vor mir, nur noch eine dichte Wand, in der Distanzen an Bedeutung verlieren.

Die Unverfügbarkeit: Sie beginnt an diesem Ort, aber ich ahne, sie beginnt dort nur und zieht ihre Fäden schon längst weiter. Meine Erinnerungen entziehen sich mir ebenso wie meine Bilder von euch. Sie wehen in dem unablässigen Wind hier auseinander. Die Bilder, die es mir zuschwemmt, ich weiß nicht, sind es meine oder sind es eure. Ich schreibe euch zu und zeichne an euch nach, was mir ins Auge fällt. Pascal geht hinter mir. Ich höre seine Schritte. Es ist nicht deine Angst, die ich wahrnehme, es ist meine Angst, die ich an dir bemerke. Es ist anderes, das dich beschäftigt. Ich ahne manches, und du deutest anderes an. Wie du gebraucht werden willst. Wie du glaubst, leisten zu müssen usw. Du fürchtest den Tod nicht mehr, sagst du. Ich bin es, die den Tod noch fürchtet. Dich beschäftigt anderes. Es sind meine Bilder, die ich von euch habe. Einmal, du weißt nicht, wie es gekommen ist, hast du die Angst vor dem Tod einfach losgelassen, oder richtiger: Sie ist dir abhandengekommen und seither nicht mehr zu dir zurückgekehrt. Du weißt nicht, wieso. Dafür weißt du von verschiedenen Zuständen. Du hast ein Notizbuch, in das du notierst, was du weißt und was es zu vermeiden gilt. Da, wo ihr meine Bilder von euch stört, seid ihr mir am liebsten. In die gewohnten Geräusche mischen sich neue, die ich nicht zuordnen kann, und aus dem Untergrund sickert ein Geruch, den ich nicht erkenne.

Wir wissen nicht, wie lange wir schon unterwegs sind. Das Licht verrät nichts, es lässt sich nicht sagen, ob die Richtung stimmt. Irgendwann ist die Hündin neben uns aufgetaucht, vielleicht war sie auch von Anfang an unserer Seite. Sie trottet lautlos neben uns her, als würde sie sich für unser Vorhaben nicht interessieren, aber gerade nichts Besseres vorhaben. Wir wechseln einander ab, und immer geht einer voran, dem die anderen ähnlich ziellos folgen, wie der Vorangehende in die Wildnis hineingeht. Als ich an der Reihe bin und mich die anderen wortlos vorbeilassen, nehme ich unser langsames Tempo wieder auf. Ich bahne uns einen Weg, versuche dabei, meiner Erinnerung an die Himmelsrichtung zu folgen, doch wie wir alle täusche ich Orientierung nur vor. Ohne gerade Linie und Sicht lässt sich nicht sagen, ob wir vorwärtskommen. Glaubt ihr immer noch an unser Fortkommen? Gehen wir immer noch davon aus, dass wir hier einen Weg finden werden, obwohl unsere Bewegungen immer langsamer werden und wir nun schon bis zu den Knien in dem sumpfigen Gewässer waten? Im Weitergehen verlässt mich alle Unruhe. Ich bewege mich mit gleichmäßigen Schritten, und es ist mir egal, ob wir einmal irgendwo ankommen werden. Wir hätten am Ufer entlanggehen sollen, sagt jemand, doch dann hätten wir nicht diese Wildnis durchschritten. Wir wissen, es hätte uns keinen Spaß gemacht, weil wir uns jede Erfahrung gern als abenteuerlich schönreden, weil wir uns die schwierigen Wege als die lohnenden einreden. Wir wollen Dinge erfassen, mit denen sich vorher niemand abgegeben hat. Andererseits, sagt jemand, wollen wir aber auch nicht Teil eines Narrativs werden, in dem sich Einzelne Raum aneignen, der ihnen nicht zusteht. Es bleibt nur Umkehren. Auch ich sehe es ein, obwohl ich gern weitergegangen wäre.

Der Pfad, den wir ausgetreten haben, ist nicht mehr zu erkennen, der Wald hat unsere Spuren schon verschwinden lassen. Während wir uns ratlos im Kreis drehen, setzt sich die Hündin gemächlich in Bewegung und verschwindet zwischen den Ästen. Uns bleibt nichts anderes, als ihr zu folgen. Ich stelle mir vor, was sie sich davon erwartet, hier mit uns zu gehen. Ob sie mitkommt, weil sie uns inzwischen gewöhnt ist und Anteil an dem nimmt, was uns betrifft, so wie wir Anteil an dem nehmen, was sie angeht. Ich sehe zu, wie sie unter den tiefhängenden Ästen durchschlüpft, wie die Zweige über ihr verklebtes Fell streichen. Wie sich bei einem Geräusch im Unterholz achtsam ihre Ohren in die Richtung wenden, aus der es zu hören war, wie sie versucht, es zuzuordnen. Wie ihre Pfoten leicht in der warmen Erde einsinken. Wie sie ihre Schnauze immer wieder sinken lässt, um an den Spuren der anderen Tiere zu riechen, die hier unterwegs gewesen sind. Manche davon erkennt sie wieder, andere nicht. Manche kümmern sie kaum, andere versetzen sie in Unruhe. Der Weg ist ihr bekannt, sie ist hier schon öfter gewesen. Nicht weit entfernt riecht sie Verwesung und schnuppert, ob dort im Unterholz etwas für sie und ihre Jungen verborgen liegt. Ich folge Ali, die der Hündin folgt, und es wird heller. Unser Gehen wird schneller, je mehr sich der Nebel lichtet. Wir wissen, wären wir tiefer in die Wildnis vorgedrungen, hätten nicht nur wir sie verschwinden lassen, sondern sie auch uns.

Kurz bevor wir das Wasser erreichen, das durch vereinzelt stehende Bäume zu erkennen ist, kommen wir an einen Weg, der unweit des Ufers verläuft. Wir folgen ihm bis zu der Bucht, von der man uns erzählt hat. Niemand von uns interessiert sich jetzt noch für diese Bucht, die nicht viel mehr ist als ein schmaler Sandstreifen zwischen den Felsen. Viel schmaler noch als der Streifen, an dem wir hier die letzten Tage verbracht haben. Der Grund ist so grau wie das Wasser, das in langsamen Wellen anschwappt und Gerümpel heranträgt, das sich unter das Strandgut mischt. Wir gehen an dem menschenleeren Strand entlang und bücken uns nach den Dingen, die im Sand stecken. Das muss bei dem Unwetter angespült worden sein, vermutet Lea. Ich setze mich auf eine Kühlschranktür und betrachte die Gegenstände in meiner Umgebung: ein Regenschirm, der sich nicht mehr abspannen lässt, sein helles Grün an manchen Stellen transparent schimmernd, manche der Eisenstäbe geknickt, eine noch geschlossene und kaum verblichene Coladose im alten Design, drei mittelgroße Tonnen, allesamt dunkelblau und leer, eine mit einem Deckel, der schief in der Halterung hängt. Lea winkt mir mit einem großen Stück Stoff zu, das ein Segel gewesen sein könnte. Sie versucht es zusammenzufalten, doch es kommt ihr immer wieder aus und schlägt in ausgreifenden Bewegungen im Wind.

Hier am Ufer brennt die Sonne auf uns herunter. Wir spüren sie auf unserer Haut, wie sie die Kopfhaare aufheizt. Mit dem am Boden Verstreuten beginnen

Lea und Ali an etwas zu bauen. Sie schieben die Tonnen zusammen und tragen die trockenen Palmenblätter vom Waldrand herüber, schichten sie übereinander, bis sie ein schützendes Dach bilden. Ich gehe inzwischen weiter über den Strand und bemerke dabei einen Geruch, den ich nicht zuordnen kann. Blumen vielleicht oder Waschmittel. Im Gehen halte ich den Blick auf den Boden gerichtet, auf das Kleinteilige im Sand. Die Hündin beobachtet uns. Ich schaue auf die vielen Schnipsel, die in verschiedenen Häufungen verstreut zwischen den Dünen liegen. Beuge mich darüber und erkenne geschredderte Zugtickets und andere Papiere. Einen alten Schal, Verpackungsmaterial, einen Löffel. Vieles, das nach Müll aussieht. Dazwischen Rosenblätter vielleicht. In verschiedenen Farben mischen sie sich unter die anderen Dinge, sodass ein Farbverlauf entsteht. Als ich auf den am weitesten entfernten Punkt am Strand schaue, schweift mein Blick von Gelb über Braun zu Rosa. Das Gebilde, an dem nun auch Pascal, Amira und Georg bauen, während das Kind im Sand sitzt, sieht inzwischen wie eine provisorische Unterkunft aus. Ein behelfsmäßiger Bau, wie ihn Gestrandete mit Gefundenem bauen könnten. Als seien auch wir hier gestrandet und würden uns einrichten, für länger. Im Nähergehen erkenne ich, wie sich unweit dieses Gebildes aus Palmenblättern unzählige Seifen in gleicher Verpackung türmen. Weiße Seife in Papier eingewickelt, mit einem Schriftzug bedruckt. Ich erkenne Schnipsel davon jetzt auch am Boden, zwischen allem anderen. Der Geruch nach Seife überlagert hier den nach Rosen und andere Gerüche. Ich schaue weiter auf diese fragmentierte Landschaft, versuche etwas zu erkennen in den Farbverläufen. Bemerke die Spuren, die zwischen den Haufen am Boden entstehen. Ab wann etwas ein Haufen ist, hat Jonathan vor ein paar Wochen überlegt. Woher all die Dinge hier stammen, frage ich mich. Was geschehen ist, dass sie nun liegen, wie sie liegen. Ich kann erkennen, wo jemand vor mir gegangen ist, an den Stellen, wo die Schnipsel sich zusammenschieben, und beobachte, wie sich auch mit meinem Gehen Formation und Zusammensetzung des Materials verändern. Wie sich unter meinen Füßen das Gelb in das Rosa mischt. Als wir die Bucht verlassen, ziehen wir Spuren hinein in den Wald. Vereinzelt liegen Fetzen am sumpfigen Boden, wo sie uns von den Schlapfen und Hosen abgefallen sind. Als immer schwächer werdende Spur, welche unseren Weg durch den Wald anzeigt.

Auf dem Rückweg zum Campingplatz treffen wir auf zwei, die behaupten, von einem Supermarkt zu kommen, der auf der anderen Seite der Wildnis liegt. Sie tragen Einkaufssäcke und eine Melone. Wir bieten an, ihnen beim Tragen ihrer Einkäufe zu helfen, und sie sind erleichtert. Als wir mit ihnen zu den Zelten zurückgehen, fragen wir sie nach dem Weg. Sie versuchen zu erklären, in welche Richtung der Supermarkt liegt, widersprechen einander und beginnen einen Streit. Sie sei sich sicher, dass sie sich immer westlich gehalten hätten, sagt die Frau und umfasst den Plastiksack, sodass er unten nicht aufreißen kann. Ihr Freund schüttelt den Kopf, das könne nicht stimmen, sie kämen schließlich aus dieser Richtung, wobei er eine vage Handbewegung zum Wald hin macht. Jetzt schüttelt die Frau den Kopf, er irre sich. Aber nein, er sei sich sicher, aber andererseits, lenkt er dann ein, ihm sei heute so komisch, er glaube, er werde krank. Er sagt es mehrmals auf dem kurzen Stück bis zum Campingplatz. Es ist die Hitze, wiederholt seine Freundin dann. Als wir in der Dämmerung die ersten Zelte und Hängematten erreichen und ihnen bei der Verabschiedung sagen, es sei unser letzter Abend hier, laden uns die beiden zu einem Gaskocherabendessen ein.

Wie jeden Abend bemerken wir, dass am Campingplatz im Dunkeln alles anders aussieht. Die einzelnen Zeltplätze liegen verborgen unter tiefhängenden Ästen auf verschiedenen Höhen am Hang. Am Abend leuchten die Campinglampen durch das Geäst, und die Glühwürmchen hängen als flackernde Lichtpunkte unter den Bäumen. Sie verändern ihre Konstellation mit jedem Blick in den Wald, sodass sich immer andere Bilder zeichnen. Es führen schmale Pfade zwischen den Zelten durch, und wir stoßen uns an Wurzeln und Zweigen. Obwohl wir die Wege hier schon oft abgegangen sind, ist es nachts schwer, sich zu orientieren. Oft landen wir am Weg vom Waschhaus zu unserem Platz ganz woanders. Als wir den Zeltplatz der beiden endlich finden, haben sie bereits eine Weinflasche geöffnet, und er ist dabei, Gemüse in gleich große Stücke zu schneiden. Wir legen die Reste der Vorräte, die wir noch haben, auf dem Campingtisch auf. Während wir essen, kommt einer der Zeltnachbarn mit länglichen Stücken Fisch und setzt sich zu uns. Mit ihm kommen die Kinder, denen ich in der Früh bei ihrem Spiel zugesehen habe. Ich erkenne den Kleinen mit der Planetenzeichnung, der sich neben Lea setzt und in eine Melonenspalte beißt. Ich schaue immer wieder zu dem Jungen hinüber, der jetzt wieder angefangen hat, zu zeichnen und zu erklären. Er und die anderen Kinder werden heute von durch das Weltall fliegenden Brocken träumen. Neben ihm sitzt ein Mädchen, einige Jahre älter als er, das ich schon im Hain gesehen habe. Sie trägt ein kurzes Shirt, das knapp über ihren sichtbaren Bauchmuskeln aufhört. Als sie die Arme über den Kopf hebt, wie um sich zu dehnen, sehe ich ihre dunklen Achselhaare. Sie hört dem Jungen gelassen zu, so wie sie dem Mann mit dem Fisch zuhört. Manchmal unterbricht sie ihn, um zu widersprechen. Sie tut es bestimmt, aber freundlich. Von ihr geht eine Sicherheit aus, die als Ruhe auf alle anderen abstrahlt. Im schwachen Licht der Mückenkerzen betrachte ich die Gesichter und kann den Eindruck nicht abschütteln, dass alle anders aussehen. Plötzlich scheint mir, als säßen alle Menschen auf diesem Campingplatz an diesem einen Zeltplatz. Sie drängen sich aneinander, ziehen die Beine ein und reichen das Essen herum. Auch mir werden links und rechts Ellenbogen in die Seite gedrückt. Ich höre ihr Lachen und ihr Reden, in verschiedenen, brüchigen Sprachen. Neben mir sitzt unsere Gastgeberin, die mir von den Orten erzählt, an denen sie vor diesem hier gewesen sind, und von denen, an die sie als nächstes fahren werden. Wir sprechen auch über den Wald, und sie erzählt mir, dass sie auf dem Weg zum Supermarkt auf eine Skulptur gestoßen seien, an einer Stelle, wo der Wald sich etwas lichtet. Zuerst habe sie gedacht, es sei ein Mensch, der dort sitzt, den Kopf auf den Knien. Doch im Näherkommen hätten sie Pflanzen bemerkt, die um die Gestalt herum wuchsen. Ich habe versucht zu erkennen, woraus die Skulptur gemacht ist. Doch die Pflanze klammerte sich an ihre Oberfläche, und indem sie deren Form übernahm, erschien sie mir als ihr Wesen, sagt sie.

NACHBILDER

Bei unserer Abreise breitet sich ein Low aus. Daheim soll es regnen, ich fürchte, wie häufig, den Wechsel von einer Situation zu einer anderen. Amira hat Kopfschmerzen, das Kind schreit. Ali hat am Telefon mit ihrer Mutter gesprochen und ist wütend und enttäuscht, wegen etwas, über das sie nicht sprechen will. Sie sitzt mit Amira und dem Kind im anderen Auto, und wir vereinbaren eine gemeinsame Pause. Pascal, der lange Autofahrten hasst, weil sie manchmal seine Angst triggern, ist still. Wir rollen die Zelte und Isomatten halbherzig zusammen und schlichten im Auto alles übereinander. Dazwischen Sand und Piniennadeln, die Georg mit nach Hause nehmen wird.

Nach mehreren Stunden, in denen wir schweigen und nur der Radio leise im Hintergrund rauscht, machen wir beim Castelvecchio halt, folgen Amira zuerst noch zu einer Basilika in der Nähe, die sie besichtigen will. Wir stehen neben ihr und betrachten ein Fresko, an dem die obere Schicht an manchen Stellen abblättert, sodass die darunterliegende Darstellung teilweise sichtbar wird. Zwei Zeitebenen, die miteinander in ein Bild verrinnen. Dann gehen wir durch die Gänge des Castelvecchio und sehen Bilder, die an dünnen Eisenstangen von der hohen Decke hängen. Eisengerüste, die Fragmente romanischer Skulpturen tragen. Fragmente, die in eine gemeinsame Rahmung aus Gips gegossen wurden. Rahmen, die aus zwei verschiedenen Hölzern zusammengeschraubt sind. Rinnen, die sich zwischen Rahmen und Bild auftun. Dunkle Schattenfugen aus Filz oder Farbe, die das Bild vom Grund und den Grund vom Rahmen trennen. Fugen zwischen Boden und Wand, die nach Außenraum aussehen. Bodenplatten im Hof, aus Beton gegossen, dazwischen Rinnen, in denen kein Wasser fließt. Geometrische Becken, in denen das Wasser steht. Wände aus Beton, in denen sich die Spielräume fortsetzen, wie Abstandhalter, für den Fall, dass sich die Wände noch ausdehnen wollen oder jemand einen Blick dazwischen tun will. Im Beton die Oberflächenstruktur von Hölzern, als wären diese beim Trocknen der Masse angedrückt worden. Während ich mit den Fingern über die Faserung der Betonwand streiche, stelle ich mir vor, wie mein Vater als junger Architekturstudent, ein paar Jahre jünger als ich, hier gegangen ist. Wie er sich Notizen gemacht hat für seine Abschlussarbeit. Und Skizzen angefertigt hat, in denen er die Blickrichtungen und Durchbrüche vermerkte, um sie seiner noch mit Schreibmaschine auf dünnem Papier geschriebenen Arbeit hinzuzufügen. Wie der Vater und ein Freund mehrere Wochen in dieser Gegend verbracht haben, nachts unterwegs gewesen sind und tagsüber geschlafen haben. Mit Blick auf das, was meinen Vater interessiert haben könnte, betrachte ich jetzt vor allem die Elemente, die Scarpa hinzugefügt oder verändert haben mag. Besonders die Rahmen und Sockel, die Hängungen und den Putz an den Wänden. Während wir von Raum zu Raum schlendern, beginne ich, auch auf die romanischen Fragmente zu achten, auf die Amira uns hinweist. Wir stehen lange vor den Gemälden mit den verdrehten Haltungen und zu Fratzen verzogenen Gesichtern, wir betrachten die Brüste in den Mariengemälden, die aussehen wie angeschraubte Kuppeln oder zerdrückte Spritzbeutel. Sie hängen an Stellen aus dem Gewand der Gottesmutter, wo für gewöhnlich keine Brust ist, und wir amüsieren uns über das Jesuskind mit dem Gesicht eines alten Mannes, welches daran saugt, während die Mutter irritiert auf das Kind und die Spritzbeutelbrust auf Achselhöhe schaut. Ich bleibe vor einer Darstellung stehen, die Jesus im Olivenhain zeigt, es ist eine der wenigen Szenen, die ich von der Kinderbibel noch in Erinnerung habe. Die Vorstellung, wie Jesus dort unter den Bäumen die ganze Nacht schlaflos auf die Soldaten wartet, die ihn am Morgen holen, um ihn ans Kreuz zu schlagen usw. Dass Jesus in dieser Nacht unter den Olivenbäumen als einer voller Angst dargestellt ist, ergab für mich mehr Sinn als die anderen Geschichten, die uns der Religionslehrer in der Volksschule aufgetischt hat. Und wie dieser Jesus mehrmals seine schlafenden Freunde weckt und sie bittet, wach zu bleiben, er habe

Angst, und wie diese Freunde dennoch immer wieder einschlafen. Dabei fällt mir eine dieser Nächte ein, als Pascal zitternd wach lag. Wir waren fast noch Kinder und konnten noch nicht benennen, dass es sich bei diesem Zittern, das ihn manchmal überkam und eben auch in der Nacht, die wir alle gemeinsam zu Leas Geburtstag in einer Berghütte verbrachten, um eine Panikattacke handelte, wie er sie später noch öfter haben sollte, und wie Pascal uns seine Angst zu erklären versuchte, indem er erzählte, dass er um sie herumschleiche wie eine Katze um ein dunkles Loch und sich davor fürchte, was geschehe, wenn er sich dem Loch weiter nähere. Ich erinnere mich, dass ich versuchte, wach zu bleiben, dass mir die Augen aber immer wieder zufielen, während ich das Zittern am Boden spürte und von Erdbeben träumte.

Die Illustrationen aus der *Divina Comedia*, an denen wir vorbeikommen, die schwarzen Wolken und dunklen Gebilde erinnern Pascal an die Bilder, die ihn oft überkommen. Es seien keine Träume, die er habe, sagt er, während wir vor den Holztafeln mit den Drucken stehen, sondern Vorstellungen, wenn er wach sei. Unerträgliche Szenen mit Situationen voll psychischer oder physischer Qualen, die er sich dann denkt. Er malt sich diese Szenen anschaulich aus, bis er sie für wahrscheinlich hält. Diese Vorstellungen begleiten ihn dann über Stunden und flackern immer wieder auf. Manchmal zwingt er sich, an sie zu denken, als sei alles Böse nur abzuwenden, wenn man es sich ständig ausmale. An manchen Tagen würde er gar nicht daran denken, an anderen Tagen überformen diese Bilder seine Wahrnehmung der Außenwelt. Er müsse sich dann Mühe geben, dass sie die Bilder, die er programmiert, nicht überschreiben. Manchmal fürchte er, die Codes hätten sich bereits gemischt. Ich betrachte die Drucke und versuche, sie mit meinen Erinnerungen an die Bilder in Pascals Laptop abzugleichen. Wie sie flackern und sich ineinanderschieben.

Als ich Pascal auf dem Weg hinaus folge, bleibe ich an dem Porträt einer jungen Frau hängen. Es stammt von einem heute unbekannten Maler der Region, von dem mehrere Bilder hier sind, die den anderen gleichen. Nur dieses ist anders. Die abwehrende, scheue und zugleich herausfordernde Haltung der jungen Frau in dem schlichten Kleid aus einem groben roten Stoff. Das brünette Haar lose zusammengebunden. Besonders: Der genervte Blick, als wäre sie es leid, hier zu hängen. Ich möchte sie von der Wand heben und mit hinausnehmen, wo die Kinder über die Stufen der hohen Stiegen laufen, während es von ihrem Eis tropft.

Während ich fahre und Lea mit geschlossenen Augen neben mir sitzt, gleitet Pascal auf der Rückbank neben Georg in seine Angst ab. Dass alles nicht so schlimm sei, höre ich Georg mit ruhiger Stimme zu Pascal sagen, dass wir bald wieder eine Pause machen würden. Es ist eine Situation, in der wir uns so ähnlich schon öfter wiedergefunden haben. Wie einer von uns strauchelt und wie die anderen es abzufangen versuchen. Es ist ein Gewebe, auf das wir uns verlassen, unabhängig von Entfernung und Veränderung. Es ist das Maß für all unsere Beziehungen seither, in denen wir herzustellen versuchen, was sich bisweilen zwischen uns einstellt. Alles andere erscheint uns lau.

Wir stecken im zähen Verkehr vor der Grenze und halten an einer überfüllten Tankstelle, die Autos parken einander kreuz und quer zu. Pascal beginnt zu zittern, ich lege ihm die Hand auf die Schulter und sage, wie so oft, dass er es jetzt so erlebt, dass es aber bald wieder anders sein wird. Ich merke, er hört uns nicht, obwohl er mechanisch nickt. Wir setzen uns für eine Meditation in einen Streifen Gras neben der Tankstelle, wo es stark nach Urin riecht und kleine Fetzen verbrannten Plastiks liegen, als wäre über dieser Stelle ein Flugzeug zerborsten. Wir sitzen zwischen Zigarettenstummeln im trockenen Gras, und während Lea mit der Stimme einer Mediations-App anleitet und Pascal versucht, seine Sitzbeinhöcker zu festigen, bemühe ich mich, den Uringeruch auszublenden und dieses Mal nicht einzuschlafen. Ich stelle mir die Bilder vor, von denen Pascal gesprochen hat, stelle sie mir wie die auf den Drucken vor, die wir gesehen haben. Vieles liegt verborgen, hinter Schleiern. Was dazwischen flackert, kann er nicht fassen. Wie ihn die Landschaften in seinem Innern, an manchen Stellen abstrakt, an anderen konkret, beunruhigen. Wie sie sich aufklappen und wieder aufklappen. Ins Endlose fortsetzen und wie er sich darin weiterbewegen muss. Jedes Mal beim Aufklappen in eine nächste Ebene kippt, auf der sich alles wieder weiter auffaltet und er in den Faltungen dazwischen verschwindet. Aber nie zur Gänze verschwinden kann, wie er es sich wünschen würde, sondern weiter erleben muss, was sich ihm hier zeigt. Wie sich eine Fläche vor ihm aufzieht, sich ausdehnt, bis sie sein Denken übersteigt. Eine Fläche, deren Ränder er nicht mehr erkennen kann, deren Ausdehnung er sich nicht mehr vorstellen kann. Von der er weiß, dass sie weiter anwachsen wird. Wie er vor dieser Fläche reglos verharrt. Wie er still hält und ruhig zu atmen versucht. Wie er beobachtet, was sich dabei zuträgt. Sich nach einem doppelten Boden umsieht, der nichts verschwinden lässt, ihm aber einen sicheren Korridor zum Denken lässt. Wie er sich streckt nach den Fäden, die sich hereinspannen, und diesen nachgeht. Wie er ihrem Verlauf folgt, in diesem Raum, weil er weiß, es sind Verbindungslinien, die ihn zu anderem führen. Manchmal schon zu anderem geführt haben.

Ich blinzle durch die halboffenen Augen und schaue euch an. Wie wir hier nebeneinandersitzen und in den Bauch atmen. Ich denke daran, wie wir auf den Felsen der Maremma vor der Sonne in den sich verändernden Schatten zurückgewichen sind. Wie wir dabei jedes Mal etwas liegen ließen, eine Spur aus Strandgut, die im Krebsgang zu uns führte. Wie wir versuchten, unsere Körper den Felsen anzupassen, indem wir die Beine anzogen und uns in verschiedenen Winkeln verdrehten, die Oberkörper in die gegenläufige Richtung, sodass die Beine einer Mulde entsprachen und die Kanten nicht in die Hüfte drückten. Die Felsen erzählten von vielen Jahren, von vielen Bewegungen. Davon, wie sie von Kräften im Innern verschoben wurden, wie sie abgetragen und brüchig wurden. An manchen Stellen rosteten Schilder, die vor *massa caduta* warnten, und wir zwischen diesen Brocken, von denen wir uns fragten, wann sie so gefallen waren und wie lange sie hier schon lagen. Ich denke daran, wie wir versuchten, uns einzupassen in diese Landschaft aus Stein. Die Lichtspiele beobachteten, wenn der Schatten der Pinie in unserem Rücken weiterwanderte und den kleinen Salzteich auf den Felsen warm angeleuchtet zurückließ.

Nachzeichnen

Lisa Hinterreithner: *Linger On*, Donaufestival, Krems 2021.
Anicka Yi: *In Love with the World*, Tate, London 2021–22.
Pierre Huyghe: *Untilled*, dOCUMENTA (13), Kassel 2012.
Nilmosaik von Palestrina, Museo Nazionale Prenestino, Palestrina.
Jason Dodge: *Cut a Door in the Wolf*, MACRO, Rom 2021–22.
Carlo Scarpa: *Museo di Castelvecchio*, Verona.

Dank an Lukas, an meine Eltern und Großeltern, an Juli, Xandi, Jakob, Ina, Esa, Tino, Aleksandra, Lukas, Michi, Sophia, Tizi, Monika, Stephi, Hannes, Edmund, Sonja, Edi, Thomas, Ruggero, Rita, Magdalena, Hasan, Angelika, Michael, Isi, Michi, Magda, Meli, Kathi, Sam, Iris, Daniel, Oliver, Jan, Rosa, Herbert, Florian, Tanja, Andreas, Isabell, Johanna, Davina, Dani, Karo, Verena, Katrin, Vale, Michi, Christian, Paolo, Isi, Martina, Gwen, Eliza, Julia, Ivana und Raffael.

Dank an Günther Eisenhuber und alle, die an der Veröffentlichung, dem Vertrieb und Verkauf dieses Buches mitgearbeitet haben.